KB263784

다프네를 죽여줘

다프네를 죽여줘

폴 로랑스 뫼데즈 장편소설

임명주 옮김

글로리 솔리스 페레즈,

당신이 살아온 모든 시간에 바칩니다.

※경고

이 책에는 거의 모든 형태의 폭력이 등장합니다. 폭력 문제에 예민
하거나 트라우마가 있는 독자는 불편함을 느낄 수 있습니다.
이 책은 자살에 대해서도 다루고 있습니다. 우울증으로 고통받고 있
거나 고통받는 사람을 알고 있다면 그 사실을 주위에 알리십시오.
절대 혼자 괴로워하지 말고 전문가에게 도움을 요청하십시오.
잘 살아야 합니다. 그것도 오래오래 잘 살아야 합니다.
인생은 가끔 우리를 골탕 먹이기도 하지만 그래도 믿을 수 없을 정
도로 아름다운 것이 인생이니까요.
이 책이 말하고자 하는 것이 바로 인생은 아름답다는 것입니다.
그러니 건강을 잘 챙겨야 합니다.

플로랑스 멘데즈

자살 예방 핫라인

벨기에   https://www.preventionsuicide.be

　　　　☎ 0800 32 123

프랑스   https://www.infosuicide.org

　　　　☎ 3114

대한민국 https://www.129.go.kr/109

　　　　☎ 109

"세상에 나 혼자만 혼자가 아냐.

그것만으로도 위로가 돼."

— 스트로마에, 〈지옥L'Enfer〉

일러두기

1. 본문의 각주는 옮긴이 주입니다.

2. 맞춤법은 국립국어원 표준국어대사전 및 외래어 표기법을 따랐으
   나 관용적으로 널리 쓰이는 표현은 입말을 살려 표기했습니다.

01

모나

사건 당일

"알겠습니다."

대답은 그렇게 했지만 나는 두 사람이 무슨 말을 하는 지 전혀 알 수가 없었다. 듣고 있지 않았기 때문이다. 두 사람의 말을 듣고 있지 않았던 이유는 다리만 꼬고 앉아 있었을 뿐인데 갑자기 흥분되었기 때문이다. "알겠습니 다"라고 말하는 내 목소리에, 물론 밖으로 들리지는 않았겠지만 요란스러운 오르가슴의 신음이 묻어 있었을 수도 있다.

아마도 약을 갑자기 끊어서 그럴 것이다. 거의 5년 전부터 불감증에 시달려왔는데 지금 내 음부는 24시간 뉴스 채널처럼 끊임없이 방송을 송출하고 있다. SSRI 계열의 항정신성 의약품, 다시 말해 항우울제를 복용하다 중단할 때 종종 나타나는 매우 불편한 부작용이다. 절대 약을 갑자기 끊어서는 안 된다. 내가 정신과 의사라서 그건 확실히 말할 수 있다. 나는 지금 환자와 상담 중이다.

남자는 전혀 눈치채지 못한 듯했으나 여자는 미간을 찌푸리며 강아지처럼 고개를 갸웃한 것을 보니 뭔가 이상하다고 느꼈나 보다. 뭐라도 말을 해야 할 것 같아 질문을 했다. 흥미로운 답변을 절대 기대할 수 없는, 하나 마나 한 질문을 한 뒤 노트에 낙서를 끼적였다.

"지금 뭐 적는 척하는 거죠? 그렇죠?"

한숨이 나왔다. 여자의 짜증에 슬슬 짜증 나기 시작했다. 나는 여자를 똑바로 쳐다보고 말했다.

"수학 문제를 풀고 있어요. 오일러 회로의 경로를 찾는 중이에요."

남자가 내 노트를 들여다봤다.

"집 모양인데요!"

나는 목소리 톤도 바꾸지 않고 연필도 놓지 않고 그림도 지우지 않고 말했다.

"어디까지 얘기했죠?"

분명 따분한 이야기였을 것이다. 하지만 지금은 따분한 이야기를 한다는 이유로 사람들의 입을 다물게 할 수는 없는 세상이 되었다.

"우리가 어떻게 만났는지……."

"네, 온라인에서 만났다고 하셨죠?"

어쩌다가 내가 이 지경이 되었을까? 열다섯에 대학 입학시험을 통과하고 스물다섯에 하버드 외과대학을 최우등으로 졸업했다. 지금쯤 정신의학 분야에 혁명을 일으키고 있어야 하는데, 이름도 기억나지 않는 이 어처구니없는 커플의 이야기를 듣고 있어야 한다니. 세상에, 두 사람의 젊음과 아름다움이 이렇게 권태로워도 되는가! 도대체 무슨 문제가 있다는 거지? 만난 지 한 달밖에 안 됐다면서 침대에서 뒹굴고나 있을 일이지, 웬 정신 상담이란 말인가. 그렇게 할 일이 없나? 하여튼 두 사람이 주절거리는 동안 나는 어떤 의사에게 두 사람을 떠넘길지 그것만 생각했다.

"이해하시겠어요, 선생님?"

물론 이해한다.

"선택의 여지가 없어요."

그렇지 않다. 선택의 여지는 항상 있다.

"제가 이 여자를 죽여야 한다니까요!"

잠깐! 뭐라고?

나는 두 사람을 쳐다봤다.

생각났다!

남자는 마르탱, 여자는 다프네였다.

02

다프네

메티스, 유로파, 가니메데…… 머리속으로 목성의 위성들을 하나하나 떠올렸다. 레다, 이오, 발레투도…… 또 뭐지? 헤게모네, 카르포, 아우토노에…… 제발, 제발…… 칼리스토, 타이게테, 필로프로시네…….

사피아 아슈르가 괴성을 질렀다.

사피아의 괴성은 시간 여행을 촉발시켰고 나는 아빠가 나를 때렸던 시절로 순간 이동했다. 나는 지금도 나를 때린 아빠를 미워하고 있다. 사실 다정히 대해줄 때가 더 싫었다. 내가 사랑받고 있다는 허상을 믿게 만들었기 때문이다. 씨팔! 킬레네. 제길! 아드라스테아. 다 쓸데없는 짓이다. 광활한 오픈 스페이스에서 나 홀로 거대한 벽을 마주하고 있다.

약 한 시간 전

나는 투자은행에서 접수원으로 일하고 있다. 돈을 좋아하지도, 돈을 가진 사람을 좋아하지도 않지만 먹고 살기 위해 이곳에서 일한다. 사피아 아슈르는 투자자문 이사로 고객들의 거대 자산을 관리한다. 재벌과 거부들이 주 고객이지만 그녀가 가장 좋아하는 고객은 셀러브리티다.

그래서 지금 그녀는 극도로 흥분해 있다. 오늘 오전에 유명 디자이너 장 루 드 퐁티냑과 미팅이 잡혀 있기 때문이다. 화려한 색채를 자랑하는 퐁티냑의 작품은 교황부터 레이디 가가까지 폭넓은 고객층으로부터 사랑받고 있다. 그에게서 곧 도착한다고 전화가 왔다. 나는 사피아에게 바로 알렸고 사피아는 비명을 질렀다. 바퀴 달린 의자에 앉아 있던 언니가 실수로 햄스터의 발을 밟고 지나갔을 때 햄스터가 냈던 소리였다. 사피아는 신이 났다. 하지만 여전히 얼음처럼 차가웠다. 나는 사피아와 눈을 맞추지 않으려고 고개를 숙였지만 오래 숙이고 있을 필요는 없었다. 공기가 따뜻해지는 것을 느끼고 고개를 들어보니 사피아는 이미 사라지고 없었다.

사피아는 자기 사무실로 돌아갔다. 나는 퐁티냑이 도착하면 그를 사피아의 사무실로 안내하면 되었다. 그것이 내 임무였다. 잠시 후, 퐁티냑이 도착했다. 매력적이고 중후한 노신사라는 것을 인정하지 않을 수 없었다. 귀족적이면서도 동시에 펑키하다고나 할까. 그는 세상이 변하는 모습을 편견 없이 관찰하는 사람이었다. 퐁티냑은 나에게 인사말을 건네더니 대뜸 창고로 가자고 했다.

"창고요?" 나는 앞서 걷다가 어리둥절해서 물었다.

"불을 뿜는 용들이 지키고 있는 내 보물 창고 말이요."

나는 웃음을 터뜨렸다. 내가 웃는 것을 보고 퐁티냑도 기뻐했다. 내 웃음소리에 사피아가 사무실에서 튀어나왔다. 우리를 향해 입이 찢어지도록 함박웃음을 지어 보이는 사피아를 보며 도대체 이빨이 몇 개인지 궁금해졌다. 분명 이빨 개수를 제한하는 법이 어딘가 있을 텐데. 어쩌면 상어처럼 그녀의 이빨은 두 겹으로 되어 있을지도 모른다.

"안녕하세요! 이게 얼마 만인가요? 어서 들어가시죠. 다프네, 커피 부탁해요."

나는 입가에 미소를 띠고 머리를 약간 숙인 후 뒤돌아섰다. 나를 대신해 사피아가 퐁티냑을 자신의 사무실로 안내했다. 나는 리셉션 데스크 뒤쪽에 있는 탕비실로 향했다. 커피머신을 작동시켜 커피를 내린 뒤 쟁반에 올려 사피아의 사무실로 향했다. 커피잔이 흔들렸다. 내가 운동장애가 있기는 하지만 카펫이 너무 푹신해서 하이힐로 걷기가 힘들었다. 어쨌든 목적지까지 안전하게 도착해서 사피아의 사무실 문을 노크한 후에 팔꿈치로 문을 밀고 들어가는 데까지 성공했다. 사고는 쟁반을 놓는 순간 발생했다. 테이블에 쟁반을 내려놓은 순간 커피잔 하나가 엎어졌고 커피가 사방으로 튀었다.

모든 것이 슬로모션처럼 천천히 움직였다.

사피아가 벌떡 일어섰다. 하여간 반사신경 하나는 알아줘야 한다. 야생동물 다큐멘터리에서 아프리카 소가 물을 마시고 있다가 악어한테 갑자기 물리는 장면이 떠올랐다. 하여튼 뜨거운 갈색 액체는 완벽한 사피아의 원피스를 가까스로 비켜 가서 퐁티냑 앞에 놓여 있는 서류의 하드커버에 안착했다. 나는 혼미해진 정신을 가까스로 부여잡고 가까이에 있는 갑티슈를 뽑아 서류를 닦기 시작했다. 연신 "죄송합니다"를 내뱉으며 고개를 주억거렸다. 그러고 침묵이 흘렀다. 너무 불안해서 아무 말이나 해야 했다.

"어머! 얼룩이 꼭 새 같아요."

사피아가 죽일 듯 나를 노려봤다. 바로 후회했다. 그 순간 퐁티냑이 구원자로 나섰다.

"정말 그렇군!"

퐁티냑은 그렇게 말하더니 검정 매직펜으로 커피 얼룩 주위에 선을 몇 줄 그리고는 종이를 찢어 나에게 주었다. 퐁티냑 브랜드의 상징인 비둘기가 그려져 있고 그 아래 '다프네에게'라는 문구가 적혀 있었다. 나는 감동받은 얼굴로 미소를 짓지 않을 수 없었다. 감사하다고 밀하고 싶었지만 울음이 터질 것 같아 침만 꼴깍 삼켰다. 퐁티냑은 이해한다는 듯 그림 선물 말고도 나에게 완벽한 퇴로를 만들어주었다.

"사피아! 하던 얘기 계속할까요?"

나는 바로 사무실을 나왔다. 한 시간 후에 미팅이 끝났다. 여기까지가 사피아가 괴성을 지르기 전 상황이다.

사피아가 괴성을 질렀다.

　고래고래 소리를 질러서일까? 그녀가 하는 말이 진실처럼 느껴졌다. 그녀가 나를 비난하는 내용은 내가 익히 잘 알고 있는 사실들이었다. '서투르고', '느리고', '둔하고'…… 자학할 때 내가 늘 하던 말이니까. 칠칠찮은 나의 행동은 이미 오래전부터 동정의 대상이 되지 못했다. 뭘 깨거나, 엎지르거나, 건드리거나 하지 않고 지나가는 날이 없었다. 어찌나 여기저기 잘 부딪히는지 정강이, 허벅지, 팔꿈치가 늘 시퍼런 멍으로 덮여 있다. 나의 운동감각은 빵점이다.

　하지만 다른 감각은 놀라울 정도로 빠릿빠릿하다. 문제는 서로 다른 감각이 동시에 빠릿빠릿하게 작동한다는 것이다. 시고-노랗고-분노하고, 짜고-날카롭고-무기력하고, 반들반들하고-빠르고-많고…… 돌기, 신경, 추상체 등등 온갖 감각들이 조금이라도 뭔가 감지하면 서로 봐달라고 소리를 질러댄다. 가끔 감각들이 특정 기억을 소환하면 소리, 이미지, 그 순간의 감정이 한꺼번에 폭발한다. 그러면 나는 감각들에 함몰되고 마비 증세가 시작된다. 눈은 소처럼 커지고 두 팔은 흔들리고 입은 벌어진다. 침도 조금 흘린다. 나는 몸을 좌우로 흔들면서 스스로 리듬을 만들려고 갖은 애를 쓴다. 그것을 악착같이 반복하다 보면 서서히 안정을 되찾고 정신을 한곳에 모을 수 있게 된다.

정신을 차렸을 때 사피아의 괴성도 멈춰 있었다. 그녀가 하는 말을 다 듣지는 않았다. 두 시간 뒤 사장이 메일을 보냈다. 사장은 사피아에게 받은 메일을 내게 전달하면서 해고 통지를 덧붙였다. 씨팔! 알렉시에게 뭐라고 말하지?

일자리를 잃었다고 해야겠지? 잠깐, 한 번이라도 나한테 내 자리가 있었던가?

03

다프네

알렉시는 남자친구다. 나보다 열 살 많다. 대학에서 커뮤니케이션을 전공했고 졸업 후에 몇 달 광고 회사에서 일하다가 때려치우고 어렸을 때부터 꿈꿔왔던 뮤지션의 길로 들어섰다. 현재 '런던데리'라는 이름의 밴드에서 보컬과 기타리스트로 활동하고 있다. 그래도 동네에서는 이름이 꽤 알려진 밴드다. 물론 집세를 낼 만큼은 아니지만. 그래서 무슨 일이 있어도 내가 일을 해야 한다. 나는 꿈이 없지만 그에게는 꿈이 있고 그의 꿈이 가장 중요하니까.

런던데리가 브뤼셀에 공연 왔을 때 알렉시를 처음 만났다. 나는 그에게 한눈에 반했다. 바로 파리로 가서 알렉시와 동거를 시작했다. 그를 열렬히 사랑하고, 숭배하고, 경외했다.

하지만 지금은 그를 미치도록 사랑했다는 기억만을 사랑하고 있을 뿐이다.

알렉시는 돈을 혐오하는 것처럼 행동하지만 사실 그는 부잣집 아들이고 지금도 부모덕을 보고 있다. 알렉시와 여동생들은 유산으로 각각 20만 유로를 사전 증여받았다. 그런데 알렉시가 그 돈을 쓰지 않겠다고 했다.
"알잖아. 그건 돈에 굴복하는 거야."
그는 '빈곤' 상태를 즐겼다. 가난한 뮤지션 놀이를 하고 클리셰로 자신을 위장했다. 말할 것도 없이 우리는 생제르맹 데프레에 살고 있다. 솔직히 부끄럽다. 알렉시가 아즈나브르의 〈라 보엠La Bohème〉이나 페레의 〈예술가의 삶La Vie D'artiste〉을 들으면서 자위하는 장면을 본다고 해도 나는 전혀 놀라지 않을 것이다.
알렉시 역시 나에 대한 환상에서 벗어났다. 동거한 지

3년, 그는 자유라고 여겨왔던 나의 모든 것이 이제는 자신을 고립시키고 있다고 믿었다. 부족한 것 없이 사랑을 듬뿍 받고 자란 그는 내 상처를 보듬을 여유가 없었다. 극도로 예민하고 변덕스러운 내 성격이 그를 지치게 하고 피곤하게 했다. 그런 성격은 나 자신에게도 일종의 폭력이었다. 내가 나에게 가하는 폭력. 내가 생각하기에 알렉시는 나의 전부를 사랑하지 않았다. 그는 자신이 이해할 수 있는 부분만 사랑하고 나머지는 아예 질문조차 하려 하지 않았다. 하지만 그가 알고 싶어하는 것도 있었다. 겨울을 따뜻하게 나게 해주는 내 엉덩이, 축축하게 꽉 조여주는 내 입과 질. 그는 무기력하고 끈적끈적한 내 아래 세상에 대해서는 열렬히 탐구하고 내 몸에 있는 모든 곡선, 내 몸에 있는 모든 구멍에 집착했다. 하지만 나의 근원적인 본질에는 한 번도 손을 댄 적이 없다. 그래도 나는 그를 떠나지 않았다. 그가 아니면 또 누가 나를 사랑해 줄 것인가? 그래서 나는 그의 곁에서 그에게 맞추며 살고 있다.

퇴근하고 집에 돌아왔을 때 알렉시는 없었다. 식탁 위에 담뱃갑이 놓여 있었다. 담뱃갑 안에는 담배 한 개비가 남아 있었다. 피식 웃음이 났다. 나보고 피우라며 알렉시는 언제나 그렇게 한 개비를 남겨둔다. 사실 그는 말아 피우는 담배를 더 좋아해서 마지막 개비는 절대 피우지 않는다. 우리 사이에 일종의 계약 같은 것이다. 나는 그것이 사랑의 증거라고 생각했다.

목이 말라 냉장고 문을 열었다. 캔맥주가 잔뜩 들어 있었다. 오늘 저녁 알렉시가 친구들을 불러 파티를 연다고 했던 것이 떠올랐다. 해고 소식은 다음으로 미뤄야 할 것 같다. 알렉시 친구들이 많이 올 텐데 그들 앞에서는 아주 사소한 빈틈도 보여서는 안 되기 때문이다. 알렉시에게 친구들은 성스러운 존재다. 그런데 그들은 나를 탐탁하게 여기지 않았다. 그들은 내가 이상하고 뚱하고 사교적이지 않다는 이유로 싫어했다. 내가 그들 마음에 들기 위해 어떤 노력도 하지 않는 것은 사실이다. 나도 그들이 견딜 수 없을 정도로 싫기 때문이다.

나는 그리 좋은 사람이 아니다. 여러분도 곧 알게 될 것이다.

04

다프네

그녀는 추하다. 그렇다. 추하다. 못생긴 것이 아니라 추하다. 그것이 정확한 표현이다. 못생겼다고 하면 당사자에게 안타까운 마음이 들 수도 있다. 못생긴 것은 우연한 사고이고 일종의 실수이고 의도는 훌륭하지만 그것만으로는 충분하지 않았던 실패한 계획 같은 것이다. 반면 추한 것은 뭔가 간교하고 미리 숙고한 느낌이 든다. 추하다는 것은 외모가 추한 것이 아니라 신이 저주를 내렸다는 뜻이다. 만약 길을 가다 그 여자를 만나게 된다면 그것은 우리가 벌을 받을 일이 있기 때문이다. 그런데 밤에 그녀를 만난다면? 면죄의 신호일까? 아니면 더 가혹한 벌을 받는 것일까? 모르겠다.

이렇게 말하기는 좀 그렇지만 나는 그 여자를 매우 싫어한다. 그 여자는 밴드가 투어할 때 동행할 수 있는 특권을 가진 알렉시의 친구다. 이름은 파멜라. 아이러니하지 않은가? 이름은 섹시한 여배우의 것인데 얼굴은 부등변 삼각형에 머리털이 달린 것처럼 생겼으니!

파멜라가 뤼크를 자꾸 훔쳐봤다. 뤼크는 드러머인데 배란기에 있는 여자들에게 인기가 아주 많다. 특별히 잘생긴 것도 아닌데 떡 벌어진 어깨가 번식의 욕망을 자극하는 모양이다. 그런데 뤼크는 실비를 꼬시는 중이다(스테파니였나? 어쨌든 지난번에 같이 있던 여자는 아니다). 그래서 파멜라는 어쩔 수 없이 키보디스트인 로뱅에 만족해야 할지도 모른다. 로뱅은 위생 개념이 전무하고 패션 감각은 빵점인 남자다.

베이시스트인 브리스는 파멜라에게 전혀 관심 없는 듯하다. 자신이 예술품과 성병을 수집하고 다니는 댄디보이 브리스의 절반도 못 미치는 수준이라는 사실은 그녀 자신이 더 잘 알 것이다.

오딜도 파티에 왔다. 항아리 같은 몸매와 얼음처럼 차가운 성격을 가진 여자다. 괜히 이름이 오딜이 아니다. 조신한 여자를 연상시키는 그 이름처럼 오딜은 펠트모자를 쓰고 단화를 신고 꽃무늬 옷을 입고 다닌다. 분명 허브차를 마실 것이고 섹스를 해본 지도 한 500년쯤 됐을 것이다. 정말 이 여자는 그놈의 펠트모자를 벗어 던지고 좀 흐트러질 필요가 있다.

갑자기 음악 소리를 뚫고 웃음소리가 울려 퍼졌다. 뤼크가 술에 취해 앉아 있던 의자에서 떨어진 것이다. 앞으로 무슨 일이 일어날지 안 봐도 뻔하기 때문에 나는 편두통을 핑계로 자러 가야겠다고 마음먹었다. 이 돼지 같은 딸딸이쟁이가 읊어대는 개똥철학을 밤새 듣고 싶은 마음은 전혀 없다. 침을 튀기면서 우엘벡을 찬양할 것이고, 욕을 하며 핑켈크로트를 비난할 것이며, 베그베데는 정신없이 빨아줄 것이다. 아니, 이번에는 셀린이었다. 다행히 유대인 혐오 발언은 자제해 주었다.

"영화는 말야……." (누군가 꼭 봐야 할 영화가 있다고 하는 말을 듣고 한다는 소리가) "우리의 환상을 채워주는 싸구려 장난감에 불과해. 창녀처럼 한두 시간 재미를 볼 수 있는 그런 거 말이야."

그냥 자러 갔어야 했는데……. 내가 자기를 인간으로서도, 뮤지션으로서도 아주 싫어한다는 사실을 그는 잘 알고 있다. 뤼크는 일장 연설을 하면서 나를 계속 쳐다봤다. 대화에 끼고 싶지 않았지만 마츠네프, 폴란스키, 심지어 캉타까지 변호하면서 나를 경기장 안으로 끌어들이려고 용을 쓰는 그를 보고 더 이상 참을 수가 없었다.*

내가 입을 열려는 순간 초인종이 울렸다. 알렉시가 아파트 안으로 들어오는 낯선 남자를 반갑게 껴안았다. 그레구아르였다. 만난 적은 없지만 사진으로 본 적이 있었다. 콜롬비아에서 몇 년 동안 살다가 얼마 전에 파리로 돌아왔다고 들었다. 다른 파티에 들렀다가 왔는지 벌써 꽤 취해 있었다. 나는 그에게 다가가 웃으면서 인사를 했다.

"안녕하세요! 드디어 만나게 되었군요."

바로 이 시점에서 고추가 등장했다. 오해하지 마시길. 나는 고추에 아무런 감정이 없다. 심지어 아주 친한 고추

---

* 가브리엘 마츠네프, 로만 폴란스키, 베르트랑 캉타는 모두 문화예술계에서 영향력 있는 인물들이었으나 미성년자 성관계, 연인 폭행치사 등의 범죄를 일으켜 프랑스에서 '예술가의 업적과 도덕성을 분리해서 평가할 수 있는가'에 관한 논쟁을 촉발했다.

도 있다. 그런데 이 고추는 아주 다른 종류의 것이었다. 나의 오감을 도발하는 그런 고추.

지금은 내 눈앞에서 고추가 덜렁거리고 있다. 그레구아르가 물렁한 자기 고추를 꺼내서 내 눈앞에서 주물럭거렸다. 그걸 보고 모두 죽는다고 웃었다. 추녀, 지저분한 놈, 어깨 떡 벌어진 놈, 저렴한 오스카 와일드까지 모두가 낄낄거렸다.

나는 울음을 터뜨렸다. 그런데 알렉시가, 남도 아닌 나의 남자친구가 나를 달래주기는커녕 짜증을 내는 것이 아닌가!

“아무 일도 아냐. 그레구아르는 원래 그래. 술에 취하면 항상 저런다니까. 별일도 아닌데 오버하지 마. 웃자고 그런 건데!”

난 하나도 웃기지 않았다.

나는 아파트를 뛰쳐나왔다. 계단을 뛰어 내려가다가 잠깐 속도를 늦췄다. 하지만 아무도 따라 나오지 않았다.

건물 밖으로 나오자마자 애인에게 전화를 했다.

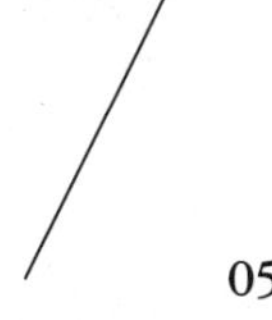

05

다프네

그렇다. 나는 악녀고, 화냥년이고, 쌍년이고, 창녀다. 뭐리고 불러도 좋다. 마침표가 아니라 쉼표라는 것을 눈치챘는가? 뭘 선택해도 좋다는 뜻이다. 나는 화냥년이다. 나는 쌍년이다. 또 나는 창녀다. 차이가 느껴지는가? 진짜, 정말 원하는 대로 부르면 된다. 개인적으로 나는 매우 고전적인 단어인 잡년을 좋아한다. 적극적이고 명예롭기까지 한 호칭이다. 잡년은 여자에게 주어진 인생 첫 주인공 역할이고 나머지 셋은 모두 엑스트라에 불과하다. 나는 몇 번 바람을 피웠다. 몇 번이냐면…… 다섯 번 정도. 한 번은 손으로만 했으니까 정확히는 네 번이다. 네 번! 원, 투, 쓰리, 포. 네 번! 그런데 알렉시는 한 번도 눈치챈 적이 없다. 내게는 큰 상처였다. 나는 바람을 피울 때마다 자기를 생각했는데. 이제 상관없다.

이므란이 바로 전화를 받았다. 하지만 지금 밖에 있으니 14구에 있는 바에서 만나자고 했다. 그러겠다고 했다. 당페르 로슈로 구역이니 지하철로 몇 정거장만 가면 되었다. 4, 5개월 전에 이므란을 처음 만났다. 그는 사피아의 인턴이었는데 우리는 서로 돕고 챙겨주다가 가까워졌고 자연스럽게 잠자리까지 했다. 하지만 연인으로 발전할 가능성은 제로였기 때문에 더 이상 관계를 갖지 않기로 했다. 물론 금방 다시 시작하기는 했지만. 그가 나를 좋아해서 나는 그를 무시했다. 자기 때문이 아니라 나에게 문제가 있다는 것을 그가 알아주었으면 좋겠다.

이므란과 이야기를 좀 하고 싶었는데 바는 전혀 그런 분위기가 아니었다. 내가 들어갔을 때 이미 파티가 한창이었다. 음악이 �꽝�꽝 울리고 현란한 조명 아래서 사람들이 서로 엉겨 붙어 춤을 췄다. 술을 두 잔 마셨다. 머리가 덜 울렸다. 한 잔 더 마셨더니 소리가 완전히 멈췄다. 이므란이 왔다. 우리는 술을 마시고 춤을 추었다. 기분이 좋아졌다.

어쩌면 아름다운 밤이 될지도 모르겠다.

몇 시간 후……

정신이 나갔는지 내가 아주 예뻐 보였다. 깨끗한 피부, 불그레한 볼, 커다란 두 눈 그리고 매력적인 미소까지. 하지만 미소는 오래가지 않을 것이다. 곧 죽을 거니까. 창백하고 청순하게 누워 있는 나를 상상해 본다. 하지만 무슨 소용이란 말인가. 내 몸뚱이는 가장 적은 돈을 제시한 입찰자에게 나찰될 것이고 내 손가락은 톱니바퀴에 짓이겨질 텐데. 새벽 3시. 나는 완전히 맛이 갔다. "덴마크 왕국에서 뭔가 썩어가고 있다"*고 누군가 말했다. 운이 없게도 나는 덴마크다. 되는 일이 하나도 없다. 선천적으로도 후천적으로도 되는 일이 없다. 나는 인간 코펜하겐이다.

은총을 받았으면 대가를 치러야 하나? 나는 개처럼 네

---

* Something is rotten in the state of Denmark. 셰익스피어의 《햄릿》 1막 4장에 나오는 대사. '보이지 않은 큰 문제가 있다'라는 뜻의 관용구.

발로 엎어져 구토를 했다. 손 위로 구토물이 튀었다. 내가
게워낸 것들을 보고 내 미래를 점쳤다. 하지만 보이는 것
은 내가 지난밤 먹은 것들뿐이었다. 엄지와 검지 사이에
있는 파란색과 회색 캡슐은 내 술잔에 담겨 있던 것이다.
어젯밤 예쁘지만 맹한 여자에게 손을 댄 일까지는 기억
이 나는데 그 후 어떻게, 왜, 어떤 연쇄반응이 일어나 내
가 지금 이 자리에 이 모습으로 있는지는 전혀 모르겠다.

　모든 것은 음악에서부터 시작되었다. 당연히 베이스였
다. 저속한 본능뿐 아니라 혁명까지 불러일으킨 베이스
가 문제였다. 내가 왜 여기 있는지 알 수가 없지만 한 가
지 분명한 사실은 여기 있으면 안 된다는 것이다. 나는 원
피스를 입고 오래된 앵클부츠를 신고 조심성 없는 사람
들이 무심코 던지는, 온갖 의미가 가득한 시선을 뒤집어
쓰고 있다. 내 생각에는 향수 때문이 아닌가 싶다. 경고의
의미로 더 진한 향수를 뿌려야 했다. 히치콕 영화를 보면
범죄가 저질러지기 전에 항상 음악이 먼저 나오는 것처럼
사향과 용연향으로 나의 등장을 예고했어야 했다. 자극적
이고 관능적이고 현기증을 불러일으키는 향으로 말이다.
하지만 나의 냄새는 반짝반짝 빛나는 내 두 눈처럼 가짜

였다. 바닐라, 오렌지꽃, 연꽃, 귤의 경쾌한 향은 내가 잃
어버린 것이 무엇인지만 알려줄 뿐이다. 향수 이름은 에
덴이다. 향과 이름이 잘 어울린다. 그나마 다행인가? 나에
게서는 여름의 향이 나지 않는다. 봄의 향도 순수한 자연
의 향도 나지 않는다. 나에게서는 난처함과 지켜지지 않
은 약속의 냄새가 난다. 나에게서는 행복하지만 돌아갈
수 없는 시절 냄새가 난다.

내가 지금 무슨 헛소리를 하고 있는 건가?

술을 이렇게까지 마실 생각은 아니었다. 약을 하고 싶
지도 않았다. 그저 사람들과 어울리고 싶어 파티의 규칙
을 따른 것뿐이었다. 몸이 달아오르고 참을 수가 없었다.

"이므란, 하고 싶어."

"안 돼, 다프네."

나를 거부하다니, 그를 사랑할 수 있을 것 같았다. 이
므란은 술에 취한 여자하고는 관계를 갖지 않았다. 하지
만 나는 떡이 되도록 술을 마셨고 발정 난 상태였다. 부
끄러웠다.

내 안에 숨어 있던 여신이 튀어나왔다. 여러분이 구독
하고 있는, 아니 내가 구독하고 있는 〈마리끌레르〉에 나
오는 맹한 여자가 아니라 무시무시하고 허기진 이교도의

여신, 음란한 여사제다. 화장실에서 예쁘게 생긴 갈색 머리 여자와 함께 있던 것이 생각났다. 하트 모양 엉덩이와 동그란 가슴을 가진 여자였다. 내 손가락을 그 여자의 입속에 집어넣고는 아주 짧게 오르가슴을 느꼈다.

밖으로 도망쳤다.

술에 취해 비틀거리며 맨발로 센 강변을 서성이고 있다. 왼쪽인가? 오른쪽인가? 어쨌든 안 좋은 쪽 강변이다. 얼마 안 있으면 강으로 몸을 던질 용기가 필요하게 될 것이다. 나는 물에 빠져 죽을 것이다. 물에 빠져 죽어서 존 에버렛 밀레이의 그림처럼, 랭보의 시처럼 불멸할 것이다. 창백한 얼굴로 시선을 하늘에 고정한 채 고요하게 떠내려가는 나를 보고 사람들은 아름답다고 생각할 것이다.

> 천 년도 전에 아름다운 오필리아가
> 하얀 유령이 되어 기나긴 검은 강물 위를 떠내려간다
> 천 년도 전에 광기에 찬 아름다운 그녀는
> 스쳐 가는 저녁 미풍에 자신의 사랑 이야기를 속삭인다*

* 랭보의 시 〈오필리아〉에 등장하는 구절.

자, 이제 떠날 시간이다. 생존 본능은 사라졌다. 난간 위로 올라가 시커먼 물속으로 뛰어들었다. 캄캄했다…… 악취가 코를 찔렀다. 숨이 막혀왔다. 바로 물 위로 올라왔다. 도저히 뭐라 표현할 수 없는, 옆에서 둥둥 떠내려가고 있는 죽은 쥐만으로 설명되지 않는 역한 냄새였다. 안 돼, 안 돼! 안 된다고! 시팔! 따뜻한 기운이 감도는 잔잔한 물결에 완전무결한 몸을 맡기고 영원히 흘러가야 한단 말야! 똥물 속에서 죽을 수는 없다고!

물 밖으로 나와 강변으로 올라갔다. 비가 내리기 시작했다. 이제는 몸조차 말릴 수 없게 됐다.

이렇게 나의 자살 시도는 실패로 돌아갔다. 나는 지구상에서 가장 살아 있는 죽음이 되었다.

다프네

한 시간쯤 걸려 아파트로 돌아왔다. 사람들은 아직 그대로 있었다. 알렉시는 화가 많이 난 것처럼 보였다. 그의 눈을 보면 알 수 있다. 하지만 그는 사람들이 보는 데서는 절대 화를 내지 않는다. 대신 나를 놀렸다.

"이제 진정이 됐어?"

파멜라는 누군가에게 전화를 거는 시늉을 했다.

"장관님, 이제 됐어요. 단순 가출이었어요. 납치 경보를 해제해 주세요."

문제의 그레구아르는 안락의자에서 자고 있었다. 나는 애써 웃음을 지어 보이고 몸을 씻으러 욕실로 향했다. 목욕을 끝내고 사람들을 향해 잘 자라고 소리를 지른 뒤 대답도 듣기 전에 내 방으로 들어갔다. 뭔가에 화가 났는지 소리를 지르고 장난하는 소리가 들렸다. 나는 헤드폰을 쓰고 음악을 들었다.

속상했다. 왜 죽지 못했을까. 앞으로 살아가야 할 기나긴 날들을 생각하다가 지쳐 잠이 들었다.

바닷물이 빠질 때 차 한잔을 마셔

어떻게 장렬하게 죽어야

내 명예를 회복할 수 있을까?

물에 빠져 죽은 사람들의 해변에서

냉소적인 너의 웃음소리를 떠올려

네가 나를 사랑하지 않는다면

나도 나를 사랑하지 않아

죽음의 해변에서는 내 몸에서 패배의 냄새가 나

진흙, 해초, 부슬비 냄새가 나

물보라가 내 뺨을 치고 바퀴는 부서지고

너의 냉소로 상처받지 않는 곳으로 나는 갈 거야

나는 목을 매어 죽은 사람들의 해변으로 갈 거야

네가 나를 사랑하지 않는다면

나도 나를 사랑하지 않아*

오후 늦게 잠에서 깼다. 묘한 흥분이 내 몸을 감쌌다. 몸에서 자유과 힘이 느껴졌다. 그리고 나에게 선택권이 있다는 사실이 확연해졌다. 언제, 어떻게, 왜는 이제 내가 결정한다…… 나 자신이 나를 죽음의 강으로 건네주는 뱃사공이 될 것이다. 드디어 내 삶의 의미를 찾았다. 삶을 끝내는 것이 내가 사는 의미다. 이제 나는 싸움을 멈추고 경기장을 떠난다. 여기에 내 자리는 없다. 나는 어느 뱃속에서도 나오지 않았고 어느 땅에도 뿌리를 내리지 않았다. 나만 자랄 수 있는 흙으로 돌아가리라.

어젯밤의 자살 시도는 단순한 충동이 아니었다. 다시 시도할 것이다. 금방. 이번에는 철저하게 계획을 세울 것이다.

* 제인 버킨의 노래 〈밀물이 덮쳐올 때À marée haute〉의 구절.

07

다프네

다시 시작이다. 로라제팜 한 알. 아니, 두 알. 먼저 한 알을 약간의 물과 함께 삼키고 나머지 한 알은 대시보드 위에 잘 보이도록 올려놓았다. 내 체격이면 한 알로 충분할 것이다. 사람들은 나를 보고 날씬한 것이 아니라 삐쩍 말랐다고 한다. 몸매가 빵빵해야 연약하다는 사실을 가릴 수 있다. 펀치를 견뎌낼 수 있는 몸이 필요하다. 그래야 주먹을 견딜 수 있고 그래야 사기꾼들과 외모가 여자의 힘이라고 철석같이 믿는 놈들을 견뎌낼 수 있다.

하지만 나는 건장하지 않다. 작고 말랐다. 160센티미터는 내 인생의 첫 실패작이다. 내 몸은 한 알로 해결될 것이다. 오두막 문 앞에 도사리고 있는 늑대처럼 1번 알약이 내 몸을 빠르게 처리해 줄 것이다.

문제는 머리다. 내 머리는 몸에 비해 단단하고 반물질로 가득하다. 블랙홀과 암흑물질과 반짝이는 별과 아주 어린 태양들로 가득하다. 길들여지지 않는 생각, 거친 지성, 출구가 없는 주장, 규칙을 지키는 예외로 꽉 차 있다. 내 머리는 2미터에 100킬로그램이나 된다. 하지만 2번 알약이 쓰러뜨려 줄 것이다.

돔페리돈 10밀리그램이 내 혀 위에서 녹고 있다. 구토를 막아줄 알약이다. 구토를 하지 않으려고 어제부터 아무것도 먹지 않았다. 위에 있는 내용물이 폐로 가면 안 되니까. 한두 시간 전에 글리세린으로 관장도 했다. 죽으면 유문에서부터 항문까지 내 몸에 있는 모든 괄약근이 풀리겠지만 그래도 지금 입고 있는 하얀 원피스는 티끌 하나 없이 완벽할 것이다. 모든 준비가 끝났다.

이번에는 철저하게 계획을 세우겠다고 하지 않았는가!

지금까지는 나의 뛰어난 준비성과 계획성에 찬사를 보내고 싶다. 사전에 계획을 꼼꼼하게 세웠고 토씨 하나 틀리지 않고 그대로 수행하고 있다. 서두르지 않고 차분하게 그리고 냉정하게. 깔끔하게 죽으려면 냉정을 유지하는 것이 아주 중요하다. 성실하게 조사하고 치밀하게 준비해야 한다. 자살 방법을 선택하는 데도 체계적으로 접근했다. 화려하지 않고 조용하게, 강력한 메시지를 전달하면서도 품위 있게 죽는 방법을 찾았다. 그래서 목을 매거나, 높은 데서 떨어지거나, 달리는 차에 뛰어들거나, 물에 빠져 죽는 것은 제외시켰다. 내 몸이 갈기갈기 찢겨 여기저기 흩어지는 것은 싫다. 좋은 안색과 평온한 얼굴, 완전무결하게 새하얀 이마, 마지막 키스를 기다리는 촉촉한 붉은 입술을 하고 죽고 싶다.

탄소 원사 한 개와 산소 원자 한 개가 만나면 그 유명한 일산화탄소가 된다. 무색무취의 그 기체가 나의 사형 집행인이 될 것이다. 두통, 현기증, 어쩌면 구토가 동반되는 부작용이 있겠지만 큰 장애물은 아니다. 수면 상태에서 벤조디아제핀이 들려주는 자장가를 듣는 사이 신속하게 끝날 테니까. 차고를 빌렸다. 깨끗이 청소하고 밝은 조명을 부드러운 빛으로 바꾸고 벽에는 아름다운 시절을 떠올리게 하는 꽃을 달았다. 나도 예쁘게 치장했다. 가지런히 머리를 땋고 화장하고 하얀 원피스를 입었다. 하늘

하늘한 원피스 위로 젖꼭지가 살짝 튀어 올라왔다. 라크메, 나비부인, 줄리엣…… 나도 그녀들과 같은 운명을 타고 났다. 마담 보바리, 마릴린…… 나도 그녀들이 살고 있는 별로 갈 것이다.

나를 발견하게 될 사람에게는 좋은 구경거리가 되겠지. 지금까지 나는 내가 누구인지 잘 몰랐다. 하지만 오늘 모든 것이 확실해졌다. 나는 죽음이다. 죽음이 나와 가장 많이 닮았다.

절대 다시 태어나지 않기를 희망한다. 마지막 숨은 첫울음보다 더 평화로울지니…….

시동을 걸었다. 손이 떨려 열쇠 구멍을 찾기가 쉽지 않았다. 여러 번 시도 끝에 성공했다. 엔진이 그르렁거리고 음악이 흘러나왔다. 조금 안정이 되었다. 니나 S., 브라이언 M., 톰 Y., 매튜 B., 조니 C. 모두 나를 찾아와 내 머리맡에서 마지막 인사를 건넸다. 아무것도 아니라고, 금방 끝날 것이라고 안심시켜 주었다. 톰 웨이츠의 〈워치 허 디 사피어Watch her disappear〉는 행복한 어린 시절을 보낸 집에서 나는 소리처럼 들렸다. "어젯밤 당신 꿈을 꾸는 꿈을 꾸었어요……." 그런데 그 노랫말에 살고 싶은 마음이 꿈틀거렸다.

깜짝 놀라 몸을 일으켜 세웠다. 대시보드에 올려둔 알약을 급하게 집어삼켰다. 라디오헤드의 〈노 서프라이즈No Surprises〉의 첫 음을 듣자마자 지금 여기서 이렇게 죽는 것이 다시금 자연스러운 일처럼 느껴졌다. 나는 엄마 뱃속보다 내 차 안이 더 좋다. 다음은 클래식 음악이 흘러나왔다. 스메타나의 〈몰다우Moldau〉. 장중함이 힘을 쓰지 못하는 〈몰다우〉는 나를 웃게 했고 울렸다. 울려고 애쓴 것은 아니다. 반사적으로 눈물이 나왔을 뿐이다. 지금 내 몸은 어떠한 감정도 품을 수 없는 상태다.

어지러워지기 시작했다. 뒷좌석으로 넘어기서 누웠다. 긴주의 〈드랙스터 웨이브The Dragster Wave〉가 흘러나왔다. 이것이 마지막임을 직감했다. 〈드랙스터 웨이브〉는 알렉시를 만나기 전까지 내가 가장 좋아하는 노래였다. 신기하게도 이 노래 속에는 나에 관한 모든 것이 들어 있다. 공기와 물의 순환, 땀방울과 쓰나미. 의식이 점점 희미해져가는 것이 느껴졌다. 마음은 평온했다. 사실 나는 이미 죽은 거나 다름없었다. 몸만 뒤따르면 된다. 내 안은 이미 죽었고 나머지는 절차상의 문제일 뿐이다. 2, 30초 동안 내가 소유했던 모든 것, 내 몸뚱이와 기억이 영상처럼 지나갔다. 끝이라는 것을 이렇게 알게 되는 모양이다. 내 몸 위로 비처럼 음계가 떨어졌다. 경쾌한 음들 사이로 이므란과의 추억, 그의 부드러운 갈색 피부와 하얗고 부드러운 내 살이, 잔인한 음들 사이로 그의 단단한 배가 지나갔다. 그의 배는 나의 허리를 춤추게 했다. 그는 몸을 일으켜 내 엉덩이에 손가락을 집어넣었다.

나는 섹스를 좋아했다. 오르가슴은 날개가 없는 피조물들을 위해 신이 만들어준 선물이다. 잠깐! 너무 멋진 말이잖아! 내가 생각해 낸 건가?

갑자기 지독한 두통이 찾아왔다. 음악 소리를 줄여야겠다는 생각에 몸을 일으켰다. 앞이 잘 보이지 않아 손으로 더듬어 볼륨 버튼을 찾았다. 그런데 채널 다이얼을 건드렸는지 라디오 방송 시그널 음악이 크게 울려 퍼졌다. 나는 가슴을 부여잡았다. 심장이 두근거리고 호흡이 가빠졌다. 안 그래도 심계증이 있는데 심장이 더욱 빠르게 뛰었다.

점점 숨이 막혀왔다. 두려움이 공포로 변했다. 나는 본능만 남은 괴물이 되었다. 괴물이 시스템을 장악했다. 자동차 문을 열고 차고 입구로 뛰쳐나갔다. 신선한 공기가 폐 속으로 들어오자 구토를 하고 바닥으로 쓰러졌다. 나는 패배했다. 하지만 목숨은 잃지 않았다.

　다음 날 의식을 되찾았다. 쓰러지면서 돌멩이에 부딪혔는지 뒤통수에 혹이 생겼다. 도대체 내 안에 있는 무엇이 그토록 살고자 한 것일까? 모르겠다. 어쨌든 다음에는 그것에게 의견을 묻지 않을 방법을 찾아야겠다.

08

모나

사건 당일

"정신과 의사 맞아요?"

나는 고개를 끄덕였다.

"전문의입니다."

수치심이라는 것이 조금도 남아 있지 않았던지 나는 얼굴을 붉히지도 않고 그렇게 대답했다.

나는 정신과 의사였다. 지금은 의사협회에서 제명당하고 심리치료사로 일하고 있다. 하지만 모든 신문 사회면이 내 이름으로 도배되었으니 당연히 나에게 상담받으러 오는 사람은 거의 없다. 기자들은 신이 나서 험악한 제목이 달린 기사를 썼다. "정신과 의사 모나 샴스 유죄 판결", "랑주뱅과 샴스의 대결", "두주르스의 학살, 정신 나간 정신과 의사"…….

그러니까 4년 전이었다. 나는 엘리즈 베르제라는 여자 죄수를 치료하고 있었다. 엘리즈는 조깅을 하던 여자와 말다툼 끝에 살인을 저질러 복역 중이었는데 형기 절반을 채워서 가석방을 신청한 상태였다.

당시 엘리즈는 분노조절장애를 주장했다. 그녀의 변호사는 심신미약 상태에서 저지른 사고라고 변호했고 나와 산부인과 의사도 엘리즈가 심각한 월경전증후군으로 인한 기분 장애가 있어 치료받고 있다고 증언했다.

물론 무죄를 받지는 못했지만 그래도 우리의 증언 덕분에 중형은 피할 수 있었다. 엘리즈는 복역 중에도 계속 치료를 받았다. 나는 항불안제 부스피론과 피임약을 처방했다. 그녀는 모범수였고 나도 상담할 때 어떤 이상징후도 감지하지 못했다. 변호사가 가석방을 신청했을 때

나 역시 긍정적인 의견을 제시했다. 그녀가 '더 이상 우리 사회에 위협이 되지 않는다'고 나는 믿어 의심치 않았다.

하지만 엘리즈는 가석방된 지 일주일 만에 임시 거처였던 여성 보호 쉼터를 빠져나가 한 캠핑장에 몰래 들어가서 아이 둘을 무자비하게 살해했다. 아이들의 부모는 당연히 나를 비난했다. 그리고 상대편 변호사는 나와 엘리즈가 연인 관계였다고 주장하며 반박할 수 없는 증거를 재판부에 제출했다. 둘 사이의 관계 때문에 내가 엘리즈에게 유리한 보고서를 작성했고 그래서 단순한 실수가 아니라 명백한 의료 과실이라고 했다.

공모 혐의는 받지 않았지만(실제로 나는 엘리즈가 무슨 계획을 세우고 있었는지 전혀 알지 못했다) 내가 엘리즈에게 완전히 속아 넘어간 것은 사실이다. 그래서 내 판단력이 흐려졌고 엘리즈가 사이코패스라는 사실을 알아채지 못했다(못한 것일까? 보지 않으려고 했던 것은 아닐까?). 엘리즈는 다시 수감됐다. 이번에는 무기징역을 선고받았다. 나는 피해자 가족에게 거액의 배상금을 지급했고 의사면허증은 취소되었다. 거기서 끝나지 않았다. 나는 지금까지 끔찍한 죄책감에 시달리고 있다.

결론적으로 말하자면 현재 정신과 의사가 아닌 것은

맞다. 하지만 법적으로 심리치료사 개업은 가능해서 정신건강센터를 운영하고 있다. 이 직업의 주된 업무는 듣는 것인데 그것은 나에게 절대적으로 부족한 능력이다. 하지만 재판으로 거의 파산 직전까지 갔고 어쨌든 살아야 하기 때문에 할 수 없이 심리치료사로 전업했다. 그래서 의사 가운은 고이 접어 옷장 속에 넣어놓고 병원은 정신건강센터로 탈바꿈시켰다. 인체 포스터는 치우고 벽에 따분한 자갈 사진을 걸고 책상에는 뇌 미니어처 3D 모델 대신 4.79유로를 주고 슈퍼마켓에서 산 중국산 부처상을 올려놓았다.

성도착증, 뮌하우젠 증후군, 보상기전상실 등과 같은 병명은 더 이상 다루지 못한다. 대신 그것들과는 전혀 상관없는 병증들과 씨름하고 있다. 일례로 백신을 접종한 후에 자폐증을 앓게 되었다고 주장하는 여자가 있었는데 (물론 사실이 아니다) 그 여자가 눈에 눈물을 가득 머금은 채 내게 물었다. "선생님, 저의 병명이 뭐죠?" 바보 멍청이 증후군이라고 알려주었다.

손목시계를 봤다. 5시였다. 15분 후에 또 다른 상담이 있어 서둘러야 했다.

“자, 다시 시작합시다. 성함이……?”

내가 갑자기 말을 걸어서 놀랐는지 남자는 침을 꼴딱 삼켰다.

“마르탱, 마르탱 마르텔입니다.”

“저는 다프네 플로레스예요.”

내가 노트에 이름을 적는 것을 보더니 여자가 한마디 했다.

“그런 거 적을 시간 없어요!”

나도 슬슬 짜증이 나기 시작했다.

“좋아요. 그럼, 말 돌리지 말고 나한테 뭘 원하는지 말해보세요.”

“제가 진짜 죽고 싶은지 알고 싶어요.”

“농담하는 건가요?”

하지만 여자의 진지한 태도와 거의 애원하다시피 하는 목소리로 보건대 농담은 아닌 것 같았다. 나는 턱으로 남자를 가리키며 오만하게 물었다.

“그럼, 이분은 어떻게 오셨죠?”

“그게…… 어…….”

여자가 대답을 주저하자 남자가 끼어들었다.

“여기 여자분을 죽여도 되는지 답을 기다리는 중입니

다.”

이제야 두 사람은 모든 것을 털어놓았다. 그들은 부부나 연인이 아니었다. 여자는 두 번이나 자살 시도를 했지만 실패했고 그래도 죽고 싶은 마음은 변함이 없어 다크 웹에 들어가 자신을 지하철에서 밀어서 죽여줄 사람을 찾았는데 이 남자가 나타난 것이다. 두 사람은 온라인 채팅으로 꽤 오랫동안 알고 지냈지만 오늘 아침 지하철역에서 처음 만났다. 오늘이 계획을 실행에 옮기는 날이었다. 하지만 ‘사소한 문제’가 생겼고 그 바람에 여자는 자신의 결정에 더 이상 확신이 서지 않았다.

이해가 되지 않았다.

나는 남자에게 물었다.

“그렇다면 여자분이 결정을 내릴 때까지 기다리면 되지 않을까요? 필요하면 다시 연락하겠죠.”

“그게 그렇게 간단치 않습니다. 어떻게 말씀드려야 할지 모르겠지만…… 제 뒤에는 조직이 있습니다. 그러니까 열흘 안에 제가 임무를 수행하지 못하면 다른 사람이 와서 임무를 마치게 될 것입니다. 조직과 협상하는 것은 불가능하고, 게다가 제가 임무를 완수하지 못하면 저도 죽게 됩니다.”

도대체 이 사람들이 무슨 얘기를 하는 거지?

"그러면 여자분을 죽이면 모든 게 해결되잖아요. 내가 필요하지도 않을 테고."

"아니에요, 저는 죽는 데 동의한 사람만 죽여요!"

남자가 목소리에 힘을 주어 말했다. 하지만 자신을 째려보는 여자의 시선을 느꼈는지 꼬리를 내렸다.

"원칙이…… 그렇다는 겁니다."

여자가 다시 재촉했다. "여기서 천년만년 이야기할 시간이 없어요. 저는 답이 필요해요. 선생님, 저를 도와주시겠어요?"

나는 혼란스러웠다. 하지만 그런 모습을 보여주고 싶지 않아 상담을 서둘러 마무리했다. "다음 상담 약속이 있어요. 연락처를 놔두고 가세요. 연락드릴게요."

저녁에 집에 돌아와 곰곰이 생각해 보니 장난이 아닌가 싶었다. 두 사람이 내 이름을 신문에서 보고 장난 한번 쳐볼까 하고 작당한 것이 분명했다. 당시에는 살해 협박을 많이 받았는데 그에 비하면 이런 일은 귀여운 수준이다. 게다가 시나리오를 짜는 정성도 보이고.

컵에 물을 한 잔 받아 소파에 쓰러지듯 앉았다. 두통약

두 알을 삼킨 후에 TV를 켰다. 여기저기 채널을 돌리다가 뉴스 프로그램에서 멈췄다. 화면 아래 자막 뉴스에 지하철 사고 소식이 떴다. "파리 9구. 그랑 불바르 구역. 지하철 사고로 여성 1명 사망. 누군가 피해자를 선로로 밀쳐 일어난 사고로 추정. 용의자는 도피 중." 피가 얼어붙는 것 같았다. '사소한 문제'라고? 세상에, 미친것들!

핸드백을 뒤져 다프네 플로레스가 주고 간 전화번호를 찾았다. 전화를 걸었다. 여자가 전화를 받자마자 나는 다짜고짜 물었다.

"왜 날 찾아온 거죠?"

여자는 침을 꼴깍 한 번 삼키고는 이렇게 말했다.

"왜냐하면 선생님은 잃을 게 없잖아요."

수첩을 꺼내 일정을 확인했다.

"내일 오후 1시에 내 사무실로 오세요."

전화를 끊었다.

수첩에 내일 11시 일정이 표시되어 있는 것을 보고 가슴이 철렁 내려앉았다. 물은 관두고 와인병을 땄다.

09

다프네

마르탱 마르텔을 온라인에서 한 달 전에 알게 되었다. 오프라인에서는 아직 만난 적이 없다. 나이는 스물여덟이고 사진을 보내주지 않아 어떻게 생겼는지는 모른다. 사실 나는 그의 얼굴을 알아서는 안 된다. 그가 나를 죽일 것이기 때문이다. 그가 마음에 들었다. 마르탱 같은 사람을 찾아내려고 오랫동안 인터넷을 뒤졌다.

다크웹까지 갔다. 다크웹에서 검색하려면 신경 써야 할 일이 한두 가지가 아니다. 우선 내가 한 검색의 흔적을 없앨 수 있는 능력 좋은 컴퓨터 전문가를 찾아야 했다. 죽은 후에 내가 무엇을 검색했는지가 뭐가 중요하겠냐고? 그게 아니라 혹시 누군가, 특히 경찰이 미리 이상을 감지해서 내가 죽는 것을 방해하지 않을까 걱정돼서였다. 컴퓨터 전문가는 새로 구입한 컴퓨터에 수많은 프로그램을 설치해 주었다(VPN, 안티바이러스, 특수한 웹브라우저 등등). 원래 가지고 있던 컴퓨터의 용량이 부족한 탓에 새 컴퓨터를 구매하느라 큰돈을 써야 했다. 거기다가 마르탱도 나를 죽이는 대가로 엄청난 금액을 요구했다. 한마디로 죽는 데 내 전 재산이 들어갔다.

다크웹에는 없는 것이 없었다. 물론 좋은 것들은 아니다. 불법적인 일들만 있는 것은 아니지만 기본적으로 비밀 엄수를 요하는 일들이기 때문에 뒤탈이 생길 여지가 많아 보였디.

비밀 조직들이 여럿 있었다. 여기저기 돈 좀 찔러주고 한두 사람 빨아준 뒤에 내 사정과 처지에 맞는 커뮤니티를 찾아냈다.

청부살인 커뮤니티였다. 온갖 종류의 살인자들이 이 커뮤니티 사이트에 자신들이 수행한 무시무시한 작업에 관한 이야기를 올려놓았다. 당연히 나는 '작업 의뢰' 게시판

에만 접근할 수 있었다. 비회원들이 들어갈 수 있는 유일한 창으로 이곳에서 작업을 '의뢰'할 수 있었다. 메시지가 많은 것을 보고 놀랐다. 물론 누구를 죽여달라는 요청이 가장 많기는 했지만 나처럼 자신을 죽여줄 사람을 애타게 찾는 의뢰도 적지 않았다. 난치병에 걸려 참을 수 없는 고통 속에 살고 있고 외국에서 안락사를 하려고 했지만 그마저 거절당한 사람들, 자살하고 싶지만 가족이 생명보험금을 탈 수 있도록 자살 대신 타살을 선택한 사람들, 그런 사람들이었다.

작업 의뢰에 답을 받은 사람들도 있지만 대부분의 메시지가 답글이 없는 상태로 있는 것을 보면 킬러들이 자신의 고객을 선택하는 것처럼 보였다. 그래서 메시지를 작성할 때 킬러들이 관심을 갖도록 심혈을 기울이기로 했다. 하지만 단 몇 줄의 글로 나를 죽이고 싶은 마음이 들게 하는 것은 생각만큼 쉽지 않았다. 결국 내가 선택한 것은 이것이다.

"25세 여성. 자살 실패. 개인교습 강사 급구."

걱정과 달리 여러 명이 나를 접촉해 왔다. 그런데 완전히 미친놈들이었다. @사드후장은 죽기 전에 강간을 당하고 싶냐고 물었고 @사탄666은 내 종교가 무엇인지 묻고는 원한다면 제물이 되게 해주겠다고 했고 @짐승남은 일을 치른 다음에 나를 먹고 싶다고 했다. 매우 프로페셔널하고 영업 능력이 뛰어난 자들도 있었다. @시체수집가는 자신의 포트폴리오를 보내주었고(1984년 다섯 살 때 벌레들을 죽이는 것이 그의 첫 업무였다) @장기요리사는 내 장기가 건강하다면 10퍼센트 할인을 해주겠다고 제안했다.

이런 메시지들을 읽으면서 내가 정말 잘하고 있는지 회의가 들기 시작했다. 그러던 차에 마르탱의 메시지가 도착했다.

"재밌는 구인 광고네요! 원하신다면 상담 가능합니다."

우리는 한 달 정도 채팅을 했다. 처음에는 죽거나 죽이는 애기는 전혀 입에 올리지 않았다. 나는 마르탱의 그 점을 높이 샀다. 우리는 먼저 서로를 알아가는 데 집중했다. 마르탱은 내가 하려는 일이 지극히 개인적인 일임을 이해했다. 또한 내가 자살을 포함해서 모든 일에 정서적 공감이 절대적으로 필요한 사람이라는 점을 간파했다.

마르탱은 흥미로운 사람이었다. 일본 문화에 완전히 푹 빠져서 낭트대학교에서(그는 낭트에서 나고 자랐다) 일본어와 일본 문화를 공부했다. 하지만 일본어로는 직장을 구하기 쉽지 않아 할 수 없이 컴퓨터 쪽으로 진로를 틀었고 큰 기업에서 사이버보안 담당자로 일했다. 하지만 일에 재미를 붙이지 못하고 도쿄로 이주하는 날만 꿈꾸며 살았다. 돈이 문제였다. 그러던 어느 날 일하다 알게 된 사람에게서 업무 다각화에 대해 듣게 되었다.

나는 그가 자신이 평범한 사람이 아니라는 것을 인정한다는 점이 마음에 들었다. 그는 자신에게 변태적인 충동이 있다는 사실을 인정하고 그것도 인간 본성의 일부로 받아들였다. 하지만 자신의 변태성을 우스꽝스럽거나 악마적인 계정명을 통해 표출하는 것은 거부했다. 그래서 내가 킬러명이 뭐냐고 물었을 때 킬러명은 없고 그냥 마르탱이라고 불러달라고 했다. 그럼 @오시야상은 뭐냐고 했더니 커뮤니티에서 쓰는 닉네임이라고, 하지만 자신의 작업 방식이기도 하다고 했다. 그의 설명에 따르자면 일본에서는 출퇴근 시간에 지하철에서 승객들을 열차 안으로 밀어 넣는 지하철 직원들이 있는데 이들을 오시야상이라 부른다고 한다. 오시야상들의 임무는 최대한 많은 승객들을 열차 안으로 밀어 넣는 것이다. 마르탱은 자신이 바로 열차 안으로 사람들을 밀어 넣는 오시야상이

라고 했다. 열차 안이 아니라 열차 밑으로 밀어 넣는 것
이긴 하지만.

나는 지하철에서 죽는 것은 한 번도 고려해 본 적이 없
었다. 마르탱은 매우 효율적인 테크닉이 있다고 했다. 기
술적으로 잘 밀면 선로에 머리가 먼저 부딪히게 할 수 있
다는 것이다. 고통 없이 신속하게 끝내는 방법이라는 모
양인데 문제는 일이 끝난 뒤가 너무 흉하다는 것이다. 마
르탱은 지금까지 성공률이 100퍼센트이고 나처럼 죽기
로 결심한 사람들과만 작업한다고 강조했다. 그래야 괴
물 같은 자신과 화해할 수 있다며.

그는 내가 생각할 시간을 주었다. 결심이 설 때까지 우
리는 계속 온라인으로 대화를 나눴다. 더분에 그에 대해
많은 것을 알 수 있었다. 특히 일본 문화에 대한 그의 열
정은 대단했다.

그의 말에 따르면 일본에서는 자살이 전통적으로 용인
되고 아주 깊게 뿌린 내린 관습이기도 해서 자살을 가리
키는 용어도 여러 가지라고 한다. 가장 유명한 것이 명예
를 위해 죽는 할복이지만 그것 말고도 여러 형태가 있고
부르는 말도 다 다르다.

가족을 위해서 자살하는 것은 고바라, 반항의 의미로

죽는 것은 훈시, 연인들의 동반자살처럼 단독 자살이 아
닌 것은 신주, 집단 자살이면, 그러니까 가족 전체가 자살
한다거나 아이들을 죽인 후에 부모가 자살하는 것은 고이
신주 또는 무리 신주라고 부른다.

후지산 기슭에 있는 아오키가하라 숲에 대해서도 들려
주었다. 숲이 너무 아름다워 많은 일본인들이 생을 마감
하는 장소로 선택하는 곳이라고 했다. 내가 죽으면, 또 자
신이 일본에 가게 된다면 나를 추모하는 나무를 그곳에
심어주겠다고 했다. 내가 원한다면.

오늘 저녁에 커뮤니티에서 그와 채팅을 하기로 했다.

나는 원한다고 말할 것이다. 마르탱이 나를 위해 그 숲
에 나무 한 그루를 심어주길 원한다고.

내 삶은 시적이지 않았다. 이제 그가 내 죽음을 시로 만
들어줄 것이다.

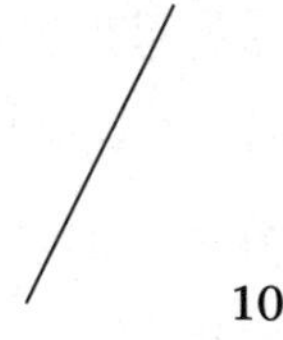

10

마르탱

한 손으로 딸딸이를 치느라 자판을 빨리 칠 수가 없었다. "급한 업무 발생. 금방 돌아오겠음."

벌써 한 달 내내 그녀는 자살을 말하고 있고 나는 한 달 내내 딸딸이를 치고 있다. 귀두를 더 꽉 쥐고 빠르게 손을 움직였다. 2, 30초 후면 발사할 수 있을 것이다.

기적이다. 끈적끈적한 기적. 지난 10년 동안 사정을 하려면 단순한 상상력 이상이 필요했다. 그 때문에 해고를 당한 적도 있다. 비디오게임 가게에서 판매 사원으로 일할 때였는데 영업이 끝난 후에 상점 뒤에서 포르노를 틀어놓고 딸딸이를 치다가 들켜 해고당했다. 한 소리 듣고 끝날 수도 있었겠지만 내가 보고 있던 것은 일반적인 포르노가 아니었다. 거대한 가슴을 가진 여자들이 촉수가 달린 괴물들에게 공격당해 몸이 찢겨나가는 그런 종류의 헨타이* 애니메이션이었다. 문제는 그것 자체로는 흥분이 되지 않는다는 점이다. 너무 오랫동안 포르노를 봐왔던 탓인지 내성이 강하게 생겨버렸다. 흥분하기 위해서는 점점 더 센 것이 필요했다. 사실 여자들과 두 번 정도 시도해 본 적은 있다. 진짜 사람 여자하고 말이다. 첫 번째 여자하고는 내가 너무 수줍어해서 성공하지 못했고 두 번째 여자는 내가 포르노에서 본 것을 그대로 해보려고 하니까 기겁해서 도망갔다. 스무 살 때였다. 그 뒤로 다시는 여자들과 잠자리를 시도하지 않았다.

키친타월로 급하게 뒷정리를 하고 있는데 끼익하고 문 열리는 소리가 났다. 룸메이트가 방에서 나오는 모양이다. 배가 고팠거나 아니면 지금 일어났을 수도 있다. 그가

---

* '변태'를 뜻하는 일본 말.

내 방으로 들어오는 일은 없다. 벌써 2년째 한집에서 살고 있지만 그 사람에 대해서 아는 것은 전혀 없다. 50대이고 실직 상태라는 것 정도가 다. SNS에 여성 혐오 글을 올리고 있는데 내 생각에는 그것을 직업이라고 믿는 것 같았다. 그가 집 밖으로 나가지 않은 지 한참 됐다. 집 밖으로 나가지 않으니 씻지도 않았다. 하지만 나는 그가 좋다. 그의 존재에 익숙해져서 그럴 수도 있고 내가 낙오자라고 생각될 때마다 그를 보면서 조금이나마 위안을 얻기 때문일 수도 있다.

내가 파리로 온 것은 비디오게임 가게에서 해고를 당하고 난 뒤였다. 당시 낭트에서 부모님과 함께 살고 있었는데 부모님께도 알리지 않고 한밤중에 집을 나왔다. 해고당한 사실도 말하지 않았다. 물론 실망하셨겠지만 놀라지는 않으셨을 거다. 그 사실이 더 가슴이 아프다.

엄마는 나를 44세에 낳았다. 형이 있었는데 다섯 살 때 복막염으로 죽었다. 나는 형을 본 적이 없다. 형은 내가 태어나기 전에 죽었고 부모님은 내 앞에서 형을 한 번도 입에 올리지 않았다. 하지만 형의 이름이 다비드라는 것은 알고 있었다. 다비드 형은 부모님을 행복하게 해드린 것이 틀림없었다. 부모님의 침대 협탁 깊숙한 곳에 숨겨진 사진 한 장을 본 적이 있다. 부모님과 다비드 형 세 사람이 찍은 사진이었는데, 사진 속 부모님은 환하게 웃고 계셨다.

형이 죽고 부모님은 여러 해 동안 아이를 다시 가지려고 노력했지만 아이가 생기지 않았다. 특히 엄마가 필사적이었다. 두 분 모두 독실한 카톨릭 신자였으나 엄마는 아빠를 끈질기게 설득해서 인공수정을 시도하기로 했다. 아이를 갖기 위한 마지막 시도였다. 그렇게 해서 내가 태어났다. 인공수정 문제로 동네에서 말이 많았다. 세례식을 집례할 신부를 찾지 못해 교구를 바꿔야 할 정도였다.

그 때문에 아빠는 수치스러워했다. 자라면서 나한테 문제가 생길 때마다 신이 벌을 내리는 것이라고 생각했다. 반면 엄마는 최선을 다해 나를 사랑해 주셨다. 하지만 그 사랑이 나를 향한 것이 아니라는 사실은 엄마도 알고 나도 알았다. 군인 출신인 아빠는 엄마가 아들을 너무 오냐오냐 키운다고 못마땅해했다.

"그렇게 키우면 애가 계집애밖에 더 되겠어?"

아들 교육을 엄마에게만 맡겨서는 안 된다고 생각했는지 나를 '진정한' 남자로 만들기 위한 엄격하고 혹독한 교육이 시작됐다. 그 교육에서 내가 배운 것은 '진정한' 남자란 자신을 내세우고 타인을 위험에 빠뜨리는 사람이라는 것이다.

아빠를 기쁘게 해드리기 위해 나는 열심히 공부했다. 하지만 아빠는 내가 좋은 성적을 받았을 때보다 학교에서 누군가와 싸워서 이겼다고 하면 더 좋아했다. 사실 나는 싸우는 것을 좋아하지 않았다. 행여 학교에서 싸우고 울면서 집에 돌아오기라도 하는 날이면 나는 아빠의 무자비한 손찌검을 견뎌야 했다. 내 뺨을 한 대씩 내리칠 때마다 '호모 새끼', '내시 새끼', '계집애'라고 외치며 나를 '단련'시켰다.

아빠가 가장 두려워히는 것은 내가 동성애자가 되는 것이었다. 중학교에 입학하던 해 아빠가 이런 말을 하기도 했다. "호모 아들보다 차라리 죽은 아들이 더 나아."

나는 그때 이미 여자들에게 끌린다는 것을 알고 있었지만 혹시 자고 일어나면 호모가 되어 있지 않을까 무척 두려웠다. 두려움을 없애기 위해 포르노 잡지를 훔치기 시작했고 인터넷이 생기면서는 포르노 영상을 엄청나게 많이 봤다.

공부에도 관심을 잃었다. 아빠도 '물렁한 샌님' 같은 아들은 원하지 않았기 때문에 문제가 되지 않았다. 마침내 고등학교 졸업반 때 퇴학을 당했다. 약에 취해 학교에 왔기 때문이다. 심지어 경찰이 나를 쫓아 학교 안까지 들어왔다. 이 일이 있고 난 뒤 부모님은 나를 군대에 보냈지만 정신적 문제로 군대에서도 쫓겨났다. 내 상태가 심각하다는 정신과 의사의 진단이 있었음에도 아빠는 치료를 거부했다.

"정신 상담은 여자들하고 호모 새끼들이나 받는 거야!"

그때부터 오랫동안 방에 처박혀 살았다. 밤낮을 가리지 않고 컴퓨터로 포르노나 호러 영상만 봤다. 때로는 두 개를 동시에 보기도 했다. 물론 자위하기 위해서였다.

부모님은 용돈을 끊었다. 그래서 비디오게임 가게에서 일하게 된 것이다. 일을 하니 정신이 좀 건강해지는 것 같기도 했다. 하지만 너무 늦었다. 내 정신은 이미 섹스와 폭력으로 썩을 대로 썩어서 인터넷에서 나쁜 것만 찾았고 성향이 비슷한 사람들을 만났다. 그 후 나는 완전히 탈선하고 말았다.

살인청부업자들의 커뮤니티를 알게 된 것도 이때였다. 나는 '젠틀한 연쇄살인마'를 내 캐릭터로 삼았다. 하지만 어디까지나 자기만족을 위한 것이었고 지금까지 누굴 죽인 적은 없다. 하지만 이제 물러설 곳이 없다. 이 자들은 진짜 미친놈들이다. 내가 지금 그만두면 놈들이 나를 죽일 것이다.

내가 기대할 수 있는 유일한 희망은 다프네가 계약 전에 의뢰를 취소하는 것이다. 그래도 다프네는 죽게 되겠지만 최소한 내 손에 피를 묻힐 필요는 없다.

다시 채팅 사이트에 접속했다. 다프네는 나가고 없었지만 그사이에 메시지를 남겨놓았다.

"가장 먼저 말해주고 싶어서요. '그들'한테 연락이 왔어요. 내가 결심이 섰는지 알고 싶다고요. 난 확실해요. 계약서에 서명했어요. 서류도 이미 보냈고요. 그만 나가야 할 것 같아요. 계획을 세워야 하니까 곧 다시 연락할게요. 애써줘서 고마워요."

고맙다는 말끝에 붙은 하트 이모티콘이 나를 울컥하게 했다.

씨팔.
다프네.
안 돼.

11

다프네

알렉시가 투어에서 돌아오자마자 나는 이별을 통보했다. 알렉시가 죄책감 없이 새로운 인생을 살아갈 수 있도록 죽기 전에 이별을 통보한 거라고 생각할 수도 있겠지만 나는 그렇게 착한 사람이 아니다. 내가 죽고 난 뒤에 그 자식이 슬퍼하는 꼴을 볼 수 없어서였다. 오히려 내가 죽으면 뒤돌아 웃을 놈인데. 안 봐도 뻔하다. 마치 무대에 오른 배우처럼 내 관 앞에서 극적으로 눈물을 흘릴 것이고 그러면 여자애들이 따라서 통곡할 것이다. 상상만 해도

속이 뒤집힌다. 조문객들이 내가 겪었을 고통에는 관심을 두지 않고 슬퍼하고 있는 알렉시만 안쓰러워하도록 놔둘 수는 없다. 그 자식이 나를 괴롭힌 장본인이야!

어제부터 우울감이 심각해졌다. 내 의지로 죽음을 선택했다는 사실도 위안이 되지 못했다. 나는 죽음을 구원이라 여겼고 숭배하기까지 했다. 하지만 지금 내 머릿속에 떠오르는 것은 나에게 닥칠 일이 너무 서글프다는 사실뿐이다. 죽음이 나의 선택이라고 말할 수 있다는 것이 자랑스러웠지만 사실 선택은 선택을 포기할 수 있는 사람들만이 가질 수 있는 사치다. 나는 고통 없이 사는 삶을 선택할 수도 없고 또 굴복해서 사는 삶을 선택할 수도 없다.

내가 누구의 동정도 바랄 수 없는 처지라는 것은 잘 알고 있다. 내가 반항하는 사춘기 아이로 보일 수도 있겠고 아니면 기괴하고 변덕스럽고 정신이 약간 이상한 여자로 보일 수도 있겠다. 그런데 내가 앓고 있는 병은 이런 기괴하고 변덕스럽고 이상한 성격을 먹고 자란다. 그 병은 아주 교활하고 은밀하고 가공할 정도로 위험한 악령이지만 이름도 없어서 퇴마 의식을 치를 수조차 없다. 나를 겁쟁이라 불러도 좋다. 내 정신이 온전하지 못하다고 해도 좋다. 하지만 25년 동안 내 머릿속은 최전선이자 참호였다. 이제 나와 나 자신의 전투를 멈춰야 할 때가 왔다. 둘 중 하나는 패자가 될 것이다. 그게 뭐가 중요한가! 내 머릿속의 진흙탕을 헤매는 일은 이제 그만두고 싶다.

정확히 나의 문제가 무엇인지 모르겠다. 물론 우울증을 앓고 있지만 우울증은 결과지 원인이 아니다. 그런데 무엇의 결과지? 모르겠다. 하지만 나는 그것과 함께 세상에 왔으니 내가 사라져야 그것도 없어진다. 사람들과의 관계가 문제인지도 모른다. 사람들은 나의 냄새를 맡지 못한다. 내 고양이들도 그랬다. 세 마리가 있었는데 한 마리가 동물병원을 다녀온 직후 다른 두 마리로부터 무자비한 공격을 받았다. 냄새가 달라져서 두 마리가 친구를 알아보지 못한 것이다. 그렇다. 나에게서는 다른 사람들과 같은 냄새가 나지 않는다. 그래도 인간은 사회적 동물인데 분명 나는 뭔가 잘못됐다.

그것이 뭘까 계속 고민했다. 하지만 그러지 말아야 했다. 불안해지기 시작했다. 빨리 다른 것을 생각해야 했다. 내가 뭘 하고 있었더라? 그래, 내 장례식!

내 장례식에 필요한 것들을 적고 있던 종이를 찾아냈다. 사실 엄마와 언니에게 쓴 작별 편지였다. 거기에 나의 마지막 요구사항도 적었다. 나의 장례식은 밝은 분위기 속에 진행되어야 한다. 어둡고 침울한 것은 질색이다. 관은 버드나무 관이면 좋겠고 화환은 야생화로 만들어야한다. 당연히 검은색은 금지다. 무엇보다도 십자가는 절대 안 된다. 사람들이 내 영혼을 위해 기도하는 일 따위는 없어야 한다. 사후 세계가 있다면 내가 가야 할 곳은 저 아래다. 그리고 어차피 유황불이 종착지라면 아예 지금부터 불과 가까이해도 나쁘지 않을 것 같다. 그래서 화장을 선택했다. 유해는 내 한쪽 조상들의 땅인 아스투리아스 지방에 뿌려질 것이다.

아주 세세한 부분까지 요구사항을 적었다. 일부러 그랬다. 가족과 친구들이 내 요구사항을 들어주다 보면 마음의 짐을 덜 수 있으리라 생각했다. 수많은 자세한 요구사항을 들어주려면 가족이 함께 고민하고 함께 일해야 할 것이고 그러다 보면 당장에는 슬퍼할 시간도 고통을 느낄 여유도 없을 것이다.

이므란에게도 짧게 몇 마디 썼다. 내가 정상이었다면 어쩌면 그를 사랑했을 수도 있었다는 사실을 그에게 말해주고 싶었다. 이므란이라면 내가 상처를 보여줘도 그것을 후벼 파거나 물고 늘어지지 않았을 것이다. 알렉시는 그랬다. 이렇게 말하면 알렉시가 나쁜 놈처럼 들리겠지만 나에게도 문제가 있었음을 인정하지 않을 수 없다. 아주 어렸을 때부터 당해온 가정 폭력은 내가 가야 할 길을 미리 닦아놓았다. 그 길을 가지 않을 수도 있었다. 하지만 불행에 너무 익숙해진 사람은 불행하지 않으면 불안해진다. 불행은 그렇게 끔찍한 것이다.

운명과 팔자에 저주가 내리길.

내 잘못이 아니다. 나도 안다. 하지만 내 어린 시절이나 자신과 내 인생을 망치도록 놔둔 데는 내 책임이 크다.

주변 정리를 끝냈다. 전 남자친구가 된 알렉시가 새 거처를 구할 때까지 아파트에 있어도 된다고 했지만 그곳에 하루도 더 머물고 싶지 않았다. 가방에 옷가지와 세면도구, 필요한 몇 가지 물건을 챙겨 집을 나와 며칠 동안 저렴한 에어비앤비 숙소에서 지냈다. 하지만 오늘 마지막 밤은 특별히 보내고 싶었다. 그래서 고급 호텔을 예약했다. 숙박료를 지불할 돈은 없지만 낼 생각도 없었다.

이제 자야 할 시간이다. 짐을 정리하고 가방을 쌌다. 이불 속으로 들어가 마르탱이 보내준 지시사항을 한 번 읽어보고 음악을 좀 듣다가 잠깐 자위한 후에 불을 껐다. 마지막으로 알람을 확인하고 바로 잠이 들었다. 평안이 찾아왔다.

아침 일찍 눈을 떴을 때 평온한 감정이 그대로 남아 있었다. 내 감각들이 내가 이 세상에서 보내는 마지막 날을 위해 말을 잘 듣기로 한 모양이다. 감각들은 불협화음이 아니라 정확한 음과 조화로운 하모니로 노래를 불렀다. 침대에 누워 있는 몸의 위치, 내 몸의 무게로 눌린 매트리스의 적당한 탄력, 포근하고 부드럽고 따뜻한 이불, 머리를 덮고 있는 하얗고 깨끗한 시트 그리고 그 위로 떨어지는 아침 햇살, 이 모든 것이 완벽했다. 모든 것이 순조로웠고 희망찼다. 잠을 자는 동안 나는 두 번째 별에서 우회전을 한 후에 아침까지 직진했디.

옷을 입고 호텔 로비로 내려갔다. 리셉션 데스크를 향해 "조금 이따 봐요!"라고 인사하고 밖으로 나갔다. 걸으면서 마르탱을 떠올렸다. 그는 나의 탈출구였다. 내 이빨 사이에서 적당한 때를 얌전히 기다리고 있는 청산가리 캡슐이었다.

본누벨역으로 향했다.
이제 깨물기만 하면 된다.

마르탱

레드불과 보드카를 섞어 마시면 술에 취하지 않는다는 인터넷 기사를 읽는 중이다. 카페인이 술에 취했을 때 느끼는 감각을 완화해 술에 취하지 않은 것 같은 느낌을 준다고 한다. 그래서 그런지 지금 정신이 말짱하다. 술을 꽤 마셨고 거기다가 깨어 있으려고 커피와 에너지드링크를 엄청나게 들이켰다. 코카인도 흡입했다. 코카인은 기사에 언급되지 않았지만 당연히 몸에 좋을 리 없다.

지난밤, 어떻게 하면 다프네를 죽이지 않을 수 있을까

밤새워 궁리했다. 비참하게 실패했다. 벌써 아침 6시다. 두 시간 후면 지하철역에서 다프네를 보게 될 것이다. 지금 나는 완전히 공황 상태고, 어떤 생각도 할 수가 없다. 포르노 사이트가 아직 열려 있으면 기분 전환이라도 해볼까?

장난으로 시작했는데 너무 멀리 와버렸다. 이제야 정신이 퍼뜩 들었다. 내가 폭력을 좋아한다고 생각했다. 그런데 알고 보니 폭력에 흥분되기는 했지만 폭력을 행사할 배짱은 없었다. 아빠가 옳았다. 내가 경찰에 체포되었을 때 아빠가 이런 말을 했다.

"네놈이 할 줄 아는 일이라고는 입을 놀리는 것밖에 없어. 감옥에 가면 그 입이 아주 쓸모 있을 게다. 샤워장에서 네 동료들이 네놈 후장을 따면 고맙다고 해야 할 테니까!"

몸이 부들부들 떨리고 심장이 쿵쾅거렸다. 땀이 비 오듯 쏟아지고 배도 아프기 시작했다. 화장실로 달려갔다. 설사를 했다. 제시간에 도착해서 망정이지 옷에 쌌으면 망신스러울 뻔했다.

진정할 필요가 있었다. 좀 더 침착해야 했다. 대마초를 피우면 도움이 될 것 같았다. 몇 모금 빠니 차츰 안정이 되었다. 조금 전까지 패닉 상태였는데 지금은 몸이 붕 떠 있는 것 같아 기분이 좋았다. 시간을 확인했다. 약속 장소는 멀지 않으니 아직 시간이 있다.

죄책감을 가질 필요는 없었다. 물론 돈을 받고 하는 일이지만 나는 다프네를 위해서 봉사하는 것이다. 자기를 죽여달라고 하지 않았는가. 그녀가 선택한 것이고 나는 그녀의 선택을 존중할 뿐이다. 다프네가 나한테 고맙다고까지 했다. 첫 작업이니 떨리는 것은 당연하다고 동료들이 말했다. 자기들도 그랬다고. 잘할 수 있을 것 같은 기분이 들었다. 사실 일 자체는 어렵지 않다. 문제는 일을 끝낸 후다. 샤워를 하면서 생각했다. 다프네가 나이가 많다거나 죽을병에 걸렸다면 얼마나 좋을까. 아니면 휠체어 신세라면 이렇게까지 고민할 필요도 없는데. 그냥 밀어버리면 되니까.

'띠잉' 소리에 퍼뜩 정신이 났다. 욕조에서 나와 세탁한 지 오래된 냄새 나는 수건으로 몸을 대충 닦았다. 욕실에서 나오다가 거울에 비친 내 모습을 봤다. 공포스러웠다. 눈은 빨갛고 눈 밑은 거무스레하고 안색은 백지장처럼 창백했다. 컴퓨터 앞으로 갔다. 메시지가 왔다. 메시지가 뜨자마자 다시 배가 아프기 시작했다. 씨팔, 그 새끼였다. 그 새끼가 다프네의 사진까지 보냈다.

"예쁘장하지? 자네가 성공하지 못하면 내가 기꺼이 대신 일을 끝내주겠어. 농담이야. 즐겁게 작업하게. 내 첫 작업이 생각나는군. 20년 전이었지. 지금까지도 나의 최고 임무였어."

이 새끼는 완전 또라이다. 농담이라고 했지만 100퍼센트 농담은 아니다. 이 새끼가 하고 싶은 말은 내가 임무를 완수하지 못할 경우 자신이 대타로 나서겠다는 것이다. 나는 다시 마음을 가다듬었다. 성공해야 한다. 내가 살기 위해서이기도 하지만 내가 성공하지 못하면 다프네가 겪을 고통이 얼마나 큰지 알고 있기 때문이다. 선의를 가진 사람 손에 신속하게 죽는 편이 더 낫다.

다프네의 얼굴을 기억하기 위해 사진을 다시 봤다. 쉽게 알아봐야 할 텐데 걱정이었다. 그 새끼 말대로 귀엽기는 하지만 그냥 평범한 외모였다. 다프네는 내가 어떻게 생겼는지 알고 싶지 않다고 했다. 나를 알아볼 경우 자리를 피하고 싶을 수도 있다는 것이다. 어쨌든 나는 마스크와 모자를 쓸 것이다. 코로나 이후 마스크를 써도 아무도 이상하게 보지 않고 또 출근 시간이니 지하철역에 사람들도 엄청나게 많을 터였다.

사람이 많은 지하철역을 택하다니 계획이 구리다고 생각할지도 모르지만 일부러 지하철역을 택했다. 승강장에 사람이 많으면 내가 잡힐 확률이 줄어든다. 사고가 나면 일단 사람들은 그 충격으로 아무것도 하지 못할 것이고 또 선로로 떨어진 사람을 구하느라 정신이 없을 것이다. 물론 사고 때문에 출근이 늦어진다고 짜증을 내는 놈들도 있을 수 있다. 여기는 파리가 아닌가.

이런 혼란을 틈타 나는 손쉽게 사람들 속으로 사라지면 된다. 다프네가 본누벨*역을 선택했다. 이름이 재밌기도 했지만 여러 모로 좋은 선택이었다. 두 개의 노선이 교차하는 환승역이기 때문에 출구가 많아 도망하기가 쉽다.

계획대로 안 될 경우를 대비해 대안도 준비해 놨다. 불법으로 제조된 폭죽을 샀다. 일이 꼬이면 폭죽을 터뜨릴 것이다. 파리 테러 트라우마 때문에 사람들이 미친 듯이 도망칠 것이다.

* Bonne nouvelle. '좋은 소식'이라는 뜻.

7시 45분. 이제는 가야 한다. 생조제프가를 올라가다가 왼쪽으로 돌아서 상티에가로 들어섰다. 쭈욱 걸어가면 푸아소니에르 대로가 나온다. 지하철 입구가 보였다. 본누벨이라는 역명에 다프네가 웃은 이유를 알 것 같다. 진한 청색 바탕에 본누벨이라는 역명이 흰색으로 적혀 있다. 이 역에서 내 인생과 그녀의 목숨이 끝장날 것이다. 하지만 가야 한다. 이번 일로 번 돈으로 좋은 일을 하리라고 나 자신에게 약속했다. 계단을 내려갔다.

13

마르탱

사건 당일

9호선 몽트뢰유 시청 방향 승강장. 머리가 빙빙 돌고 구토가 쏠렸다. 왼쪽 눈꺼풀이 파르르 떨리고 몸에서 열이 나고 심장이 마구 뛰었다. 숨마저 잘 쉬어지지 않았다. 아까 계단을 내려올 때는 팔다리가 제멋대로 움직이는 것 같은 느낌을 받았다. 실제로 몸을 가누기가 힘들어 계단에서 구를 뻔했다. 넘어지지 않으려고 계단 손잡이를 잡고 내려갔다. 다 내려와서도 몸 상태는 좋아지지 않았고 오히려 더 나빠졌다.

생각해 보니 어젯밤에 마신 술기운 탓인 것 같기도 했다. 내 몸 어딘가에서 이 바보 같은 짓을 당장 때려치우고 집에 가서 잠이나 자라는 소리가 들려왔다. 하지만 애써 무시하고 저쪽에 보이는 스낵류 자동판매기로 발걸음을 옮겼다. 사람들 사이를 가로질러 가는데 다행히 마스크를 쓴 사람이 나 혼자가 아니었다. 물 한 병과 비스킷을 샀다. 뱃속에 뭔가 들어가니 한결 나았다. 드디어 집중을 할 수 있게 되었다.

예상대로 승강장은 사람들로 붐볐다. 아무도 눈치채지 못하게 다프네를 찾았다. 한 여자가 내 눈길을 끌었다. 여자는 내게 등을 보이고 있었는데 왠지 그녀가 다프네 같았다. 주위를 둘러봤다. 한 남자가 전화하면서 승강장을 착각했다고 말하는 소리가 들렸다. 반대편 승강장으로 가려면 남자가 여자 앞을 지나야 한다. 나는 그 남자 옆에 바짝 붙어 마치 동행인 것처럼 같이 걸었다. 여자가 고개를 돌리는 순간을 놓치지 않고 얼굴을 확인했다. 다프네가 맞았다. 그런데 그 새끼가 보내준 사진보다 훨씬 예뻤다. 우리의 시선이 교차했다. 다프네가 나를 보고 미소를 지었다. 나도 살짝 웃음을 보이고 보일 듯 말듯 고개를 까딱하고는 그녀 바로 뒤로 가서 섰다. 열차는 2분 후에 들어올 것이다. 사람들이 주위에 있었지만 그 순간 승강장에 그녀와 나만 존재하는 듯한 느낌을 받았다. 당황스러웠다. 갑자기 터널이 환해졌다. 열차 전조등이 보이고 금속성 굉음이 귀를 아프게 했다. 열차가 속도를 늦추기 시작했다. 이제 결정해야 한다. 속으로 숫자를 셌다. 하나, 둘, 셋…… 하지만 아무것도 할 수 없었다. 아빠의 목소리가 들렸다.

"그거 하나 제대로 할 배짱도 없는 호모 새끼!"

다프네는 승객들이 열차에서 나올 수 있도록 한 발짝 옆으로 물러섰다. 하지만 열차는 타지 않았다. 나 역시 움직이지 않고 그녀의 등만 쳐다봤다. 그녀가 가방에서 종이를 꺼내 뭔가를 적었다.

열차가 출발하고 카운트다운이 다시 시작됐다. 6분 정도 지나면 다음 열차가 들어올 것이다. 사람들이 하나둘씩 승강장 안으로 들어왔다. 다프네와 나는 꼼짝하지 않았다. 사람들이 우리를 치고 지나가도 아무 말 하지 않았다. 다시 한번 친밀감이 강하게 느껴졌다. 우리가 운명 공동체라는 것을 알려주기 위해 보이지 않는 파동이 우리 두 사람을 묶어주는 것 같기도 했다.

1분 정도 지나자 우리 주위로 사람들이 많이 모여들었다. 다프네가 머리카락을 만졌다. 열차가 들어왔다. 그녀가 뒤를 돌아 나를 봤다. 입가에 미소를 머금고 나에게 쪽지를 건넸다. 쪽지를 받아 들면서 나는 지금이라고 생각했다. 그녀에게 고통을 주고 싶지 않았다. 그러니 너무 세게 밀면 안 되었다. 그래도 떨어져야 하니까 확실하게 밀긴 밀어야 했다. 모든 것이 너무 빨리 지나갔다. 너무 빨리. 그래도 다프네의 머리가 땅에 먼저 닿는 것은 확인했다.

비상경보가 울리기 전에 승강장을 빠져나왔다. 사람들이 너무 놀라 모두 얼어붙어 있어서 조용히 빠져나올 수 있었다. 모두 스마트폰을 보느라 고개를 숙이고 있어서 무슨 일이 일어났는지 정확히 깨닫지 못하는 것 같았다. 내가 대합실로 올라왔을 때야 비명 소리가 났다. 나는 빠른 속도로 걸으면서 죽기 전에 다프네가 건네준 쪽지를 펼쳤다. 전화번호가 적혀 있었다. 이게 뭐지? 이해가 안 되었다.

　보통은 이러지 않는데…… 왠지 통할 것 같아서요. 내 이름
은 카미유예요. 관심 있다면 전화 주세요. 혹시 모르잖아요.

　걸음을 멈추고 고개를 들었다. 내 앞에 내가 죽이기로
되어 있던 다프네가 서 있었다. 분명 다프네였다. 크고 검
은 두 눈이 나를 쳐다보는 것을 막을 수만 있다면. 나는 경
악했다. 반사적으로 마스크를 쓴 입을 손으로 막았다. 아
래 승강장에서 비명 소리가 들려왔다. 다프네가 내려가려
고 해서 내가 머리를 가로저었다. 하지만 나도 너무 경황
이 없어서 그녀가 내려가는 것을 막지 못했다.
　다프네가 파랗게 질려서 바로 돌아왔다. 큰 충격을 받
은 듯했다. 숨을 계속 들이쉬며 무슨 말을 하려고 입술을
달싹였지만 소리는 나오지 않았다. 방금 본 것을 받아들
여야 할지 말아야 할지 결정하지 못하는 것 같았다.
　어쨌든 지금 확실히 알 수 있는 것은 내가 누구인지 다
프네가 짐작했다는 것이다.
　경보가 울렸다. 그제야 나는 다시 움직였다. 다프네의
손목을 잡고 출구 쪽으로 갔다. 그녀는 내 손을 뿌리치기

는 했지만 나를 따라왔다. 역 밖으로 나와 마스크와 모자를 벗었다. 우리는 아무 말 없이 그냥 걸었다. 걸음을 멈추면 뭐라고 말을 해야 할 것 같았다. 나는 아직 말할 준비가 되어 있지 않았다.

오, 씨팔! 내가 사람을 잘못 봤다. **오, 씨팔! 내가 사람을 잘못 봤다!** 엉뚱한 사람을 선로로 밀어버렸다. 그것도 나에게 관심을 보인 여자를. 어쩌다 이렇게 된 거지? 나 때문에 누군가의 자살 시도가 실패로 돌아갔다. 다프네의 자살 시도가!

14

다프네

사건 당일

바보 멍청이 새끼! **바보 멍청이 새끼!** 어떻게 사람을 착각할 수 있지? 나는 그 새끼 옆에서 아무 말 없이 걷기만 했다. 괴력을 발휘해 침착함을 유지하려고 노력했다. 내가 엄청난 자제력을 가지고 있다고 생각할지 모르겠지만 그런 것이 아니다. 나는 땅속으로 기어 들어가고 있었다. 그것이 내가 배운 위험에 대처하는 방식이다.

엄마가 집을 나간 후 언니와 나는 한동안 아빠하고 살았다. 주부 역할에 지친 엄마는 10년 동안 우리 인생에서 사라졌다.

처음에 언니와 나는 엄마가 세계 여행을 하고 있다고 믿었다. 우리는 매일 저녁 세계 지도를 펼쳐놓고 나라 하나를 손가락으로 찍어 그곳에서 모험을 즐기는 엄마의 모습을 상상했다. 엄마는 종횡무진 돌아다녔다. 월요일에는 케냐에서 밀렵꾼들과 싸우고 화요일에는 마카오의 어둠침침한 카지노에서 블랙잭을 하고 금요일에는 북극으로 떠났다. 거기서 펭귄과 뺨 때리기 시합을 하고 북극곰과 팔씨름을 했다.

프랑스와 가까운 나라가 뽑혔을 때는 엄마가 우리를 보러 오지 못하는 이유를 생각해 냈다. 캐러멜 나라에 음탕한 농담을 불법으로 들여오려다가 세관에 붙잡혔다거나 프랑스로 오려고 했는데 지갑을 잃어버려서 돈을 벌기 위해 거리에서 마라카스*를 연주하려던 순간 마라카스 안에 있는 씨앗에 싹이 나서 연주를 할 수 없었다거나 그런

---

* 라틴아메리카에서 유래한 타악기. 손잡이가 달린 구형 몸체 안에 씨앗, 콩, 자갈 등을 집어넣고 흔들어서 소리를 낸다.

이야기들을 떠올렸다.

어쩌면 엄마가 기억상실증에 걸렸을지도 모른다. 하지만 하루하루 시간이 갈수록 엄마가 그냥 우리를 잊어버렸다는 사실이 점점 더 확실해졌다.

아빠는 그런 상황에 처한 모든 아빠들이 그렇듯 나름대로 최선을 다해 우리를 키웠지만 아빠의 최선은 충분하지 않았다.

아빠는 점점 더 술에 의지했고 점점 더 폭력적으로 변해갔다.

아빠에게 처음 맞았을 때 언니와 나는 아빠의 기분을 좋게 해주려고 갖은 애를 썼다. 다음 날 아침 아빠 침실로 커피를 가져다주었고 아빠가 아직 일어나지 않았으면 TV를 음소거로 해놓고 애니메이션을 봤다. 학교에서도 집에 아무 일이 없는 것처럼 열심히 공부했다. 술이 깨면 아빠는 눈물을 흘리면서 미안하다고 용서를 구했고 우리는 용서하는 척했다.

아빠의 폭력에 어떤 의미도 없다는 사실을 깨달았을 때 우리는 존재하지 않기 위해 노력했다. 방에 처박혀 소곤소곤 얘기했고 거의 움직이지 않았다. 불가피하게 움직여야 할 때는 삐걱거리는 소리가 나지 않도록 최대한

살금살금 걸었다. 소파에서 자고 있는 괴물이 깨어나면 안 되니까.

아빠는 밤에 일어났다.

아빠가 아래서 걸어 다니는 소리가 들렸다. 그냥 이리저리 돌아다니는 것 같았다. 문을 거칠게 닫는 식으로 아빠는 자주 화를 분출했다. 우리는 집에 있었지만, 이불 속에 있었지만 안전하지 못했다. 항상 불안에 떨었고 제대로 휴식을 취하지 못했다. 당연하게도 갈수록 성적이 떨어졌고 학교에서는 점점 더 외톨이가 되었다. 언니는 인기가 많았다. 언니는 친구들 덕분에 어두운 어린 시절을 잘 버텨냈다. 나는 사교성이 전혀 없었다. 언니가 중학교에 진학한 뒤로는 친구들이 나를 아예 없는 사람 취급했고 얼마 지나지 않아 괴롭히기 시작했다. 구체적으로 어떻게 괴롭혔는지는 상상에 맡기겠다. "어떤 사람은 뒤뚱뒤뚱하며 창공을 날았던 불구자를 흉내 낸다!"* 호령할 창공이 없는 내가 학교에서 살아남는 유일한 방법은 집에서처럼 숨는 것이었다.

* 보들레르의 시 〈알바트로스〉의 한 구절.

시간이 얼마나 흘렀을까, 드디어 우리는 걸음을 멈췄다. 일단 눈에 보이는 카페로 들어가 자리를 잡았다. 손님은 우리밖에 없었다. 마침내 마르탱의 얼굴을 쳐다볼 용기가 생겼다. 넓은 이마, 긴 턱, 매부리코, 검은 눈…… 시선을 떨구고 있어서 온순하고 억울한 눈을 가진 바셋하운드 같았다. 내가 먼저 침묵을 깼다.

"머리를…… 봤어요. 머리통이 박살 났어요."

마르탱의 얼굴이 새하얗게 질리는 걸 보니 피해자의 시신은 보지 못한 모양이다. 볼 여유가 없었거나 용기가 없었을 것이다. 내가 승강장으로 내려간 이유는 선로 위에 누워 있는 사람이 분명히 내가 아닌 것을 확인하기 위해서였다.

곧바로 후회했다.

나랑 약간 닮은 것 같기도 했다. 얼굴은 비교적 손상이 크지 않았지만 머리통은 한쪽이 박살 나 있었다. 젤리처럼 생긴 회색과 분홍색 뇌 조각들이 사방에 흩어져 있었고 사지는 몸에 붙어 있었지만 다리가 귀신 들린 사람처럼 상상할 수 없는 각도로 꺾여 있었다. 살을 뚫고 튀어나온 뼈도 보였다.

온통 피범벅이었다. 진하고 끈적끈적한 검붉은 피 냄새

가 뜨거운 금속 냄새와 섞여 구토를 일게 했다. 내장이 터졌는지 아니면 똥을 쌌는지 악취가 심했다.

마르탱은 불편한 얼굴로 나를 한 번 보고는 메뉴판으로 시선을 돌렸다.

"배고프네요. 뭐 좀 시키죠?"

기가 막혔다.

"지금 뭘 먹자고요? 이 상황에서요?"

"뱃속에 뭐 좀 집어넣어야겠어요. 해장……."

마르탱이 말을 멈췄다. 해장해야 한다고 말하려는 듯했다.

"해장해야 한다고요? 술 마신 거예요?"

ㄱ는 대답하지 않았다.

"마르탱, 술 마셨어요?"

대답을 들을 필요도 없었다. 지금 보니 눈이 충혈되어 있고 동공이 비정상적으로 팽창되어 있었다. 술 냄새도 났다. 나는 상황을 좀 더 잘 이해해 보려고 천천히 큰 소리로 혼잣말을 했다.

"술에…… 취해 있었던 거야…… 그래서…… 사람을 착각한 거야. 그랬던 거야. 술에 취해서 사람을 착각한 거라고!"

웨이터가 주문을 받으러 왔다. 마르탱은 조식 세트를 주문했다. 나는 입맛이 없었다.

"스트레스를 받아서 그래요. 그래서 실수한 거예요."

"스트레스? 경험이 많다고 했잖아요!"

"허풍을 좀 쳤어요."

"지금 나한테 한 번도 누구를 죽여본 적 없다고 말하는 거예요?"

"음…… 이제 한 명이 됐네요."

"도대체 우리가 무슨 짓을 한 거죠? 선로에 누워 있어야 할 사람은 난데!"

"그랬으면 좋았을 텐데 말이죠."

내가 죽으려고 한 것은 사실이지만 그 말을 들으니 약간 당황스러웠다.

"자, 이렇게 합시다……."

웨이터가 음식을 들고 나왔다. 푹 퍼진 계란을 먹으면서 마르탱은 자신의 계획을 설명했다.

"며칠 숨어서 조용히 지내는 겁니다. 그러다가 적당한 때를 봐서 다시 시도합시다. 그때는 사람이 별로 없는 역으로 하죠?"

하지만 그는 내가 대답할 틈도 주지 않고 자리에서 일

어났다.

"잠깐 화장실 다녀올게요."

마르탱은 감정이 없었다. 지하철에서 죽은 여자의 운명에 대해 무관심한 것처럼 보였다. 하지만 화장실에서 돌아왔을 때 그의 눈은 부어 있었다.

"언제 다시 시작할까요?"

그는 아무 일도 없었다는 듯 물었다.

"마르탱, 내가 진짜 죽고 싶은지 이제 모르겠어요."

15

제랄드

클랭이 죽었다. 내가 좋아할 거라고 생각했는지 뒤발이 나한테 귀띔을 해주었다. 물론 안 좋은 소식이라고까지 말하지는 않겠지만 뭐랄까…… 내가 손해를 입은 것 같은 기분이 드는 것은 어쩔 수 없었다. 클랭 때문에 징계를 받기는 했지만 그렇다고 클랭이 죽기를 바란 것은 아니다. 물론 복수를 해줘야겠다고 다짐한 것은 사실이다.

클랭 때문에 마누라와도 헤어졌다. 아내가 애들을 데리고 집을 나갔다. 현재 아내에게 생활비를 보내고 있고 애들은 아내와 살면서 나랑은 2주에 한 번, 주말에만 만난다. 둘째가 아직 너무 어려 내가 돌볼 수 없으니 나쁘지 않은 해결책이다. 나와 있을 때는 다행히 큰애가 둘째를 봐준다.

그래도 집은 뺏기지 않았다. 아내는 노발대발했다. 친구 중에 이혼을 두 번이나 한 놈이 있는데 그 친구 덕분에 집을 지킬 수 있었다. 예전에 그 친구가 재산을 지키는 방법 몇 가지를 알려준 적이 있다. 예를 들어, 집을 구매할 계획이 있다면 아내가 출산한 직후에 구매하라고 조언했다. 그리고 다음과 같이 하면 된다. 서명이 빠진 서류가 있다고 공증인에게 연락이 와서 직접 가서 서명해야 한다고 두덜거리고는 아내에게 사신이 아기를 데리고 혼자 다녀올 테니 그동안 쉬라고 말한다. 그러면 아내는 오히려 고마워하며 기꺼이 위임장을 써준다는 것이다. 위임장을 들고 공증인에게 가서 한두 조항을 바꾸어달라고 부탁하면 다 끝난다. 공증인이 남자인 경우 훨씬 부드럽게 진행된다. 여자들은 자기들끼리 서로 도와주고 그러지 않는가.

아내가 내 돈을 강탈했다고 생각하지는 않지만 솔직히 못마땅할 때가 많았다. 오랫동안 아내는 살림하고 애들만 키우며 편하게 살았다. 그래서 아내가 일하고 싶다고 애기했을 때도 아무 말 하지 않았다. 친구들은 조심하라고 경고했지만 자신이 필요한 존재라고 느끼고 싶어 하는 아내의 마음을 모르지 않았기 때문이다. 그래서 파트타임으로 일하는 건 괜찮다고 했다. 아내는 풀타임을 선호했지만 그건 내가 안 된다고 했다. 어쨌든 내가 아이들을 학교에서 데려오는 일을 맡았는데 일이 너무 많고 스트레스가 심해서 아이들을 제대로 돌보지 못한 것은 사실이다. 그런데 정말 어처구니가 없다. 오랫동안 나 혼자 벌어 가족을 먹여 살렸다고 판사에게 간곡히 소명했지만 판사는 내가 양육비를 지급해야 한다고 판결을 내렸다. 아내의 변호사는(아주 쌍년이다) 판사에게 아내는 나와 동일한 기회를 갖지 못했고 나는 가정부, 요리사, 유모를 공짜로 부리면서 승진하고 돈을 모을 수 있었다고 주장했다. 판사도 여자여서 당연히 여자들 편을 들었다.

지금까지 아내가 원하는 것은 다 해줬다. 폭력을 행사한 적도 없고 바람을 피운 적도 없다. 물론 둘째가 태어난 후에 딱 한 번 실수를 하긴 했지만 정말 별일도 아니었다. 그런데 클랭하고 있었던 일 때문에 나를 이렇게 헌신짝처럼 버려?

클랭이 처음 우리 팀에 왔을 때 느낌이 안 좋다고 상사에게 말한 적이 있다. 내 말이 맞았다. 클랭이 온 지 얼마 되지도 않아 팀 분위기가 완전히 망가졌다. 정말 성가신 여자였다. 브르통은 레즈비언인 것 같다고 했는데 레즈비언이거나 말거나 어떤 남자가 그런 여자랑 자고 싶겠는가! 반반한 얼굴과 빵빵한 몸매가 아깝게시리 어찌나 뻣뻣한지.

처음에는 나도 잘해줬다. 문도 열어주고 예쁘다고 칭찬도 해주고. 같이 일하는 사람끼리 농담 좀 할 수 있는 거 아닌가? 나쁜 소리도 아니고 유머 감각이 그렇게 없어서야! 웃자고 한 얘기를 상부에 보고하는 바람에 내가 경고를 먹었다. 더 큰 징계를 받았을 수도 있지만 경고로 그친 게 다행이라면 다행이랄까. 그 일이 있은 후 당연히 우리는 클랭과 말 섞기를 피했다. 관계는 냉랭해졌지만 겉으로는 예의를 지켰다. 나도 너무 부담스럽게 행동하지 않으려고 조심했다.

그런데 팀빌딩 워크숍을 하다가 일이 터지고 말았다.

팀원들 간의 협력과 신뢰를 강화하는 훈련이라나 뭐라나, 어쨌든 암벽등반을 하던 중이었다. 나는 클랭과 한 조였다. 클랭이 짧은 반바지를 입고 있어서 암벽을 올라갈 때 슬쩍슬쩍 훔쳐보기도 했다. 내려올 때는 조금 놀래주려고 일부러 줄을 빨리 풀었다. 그 바람에 클랭이 '추락'했고(줄에 매달려 있었으니 진짜 추락은 아니다) 떨어지는 클랭을 내가 붙잡았다. 클랭은 나한테서 벗어나려고 몸부림쳤다. 그걸 보고 주위에 있던 동료들이 웃음을 터뜨렸다. 하지만 클랭은 얼굴이 시뻘게질 정도로 화를 냈다. 나는 뽀뽀해 주면 풀어주겠다고 농담했다. 누구나 짐작하겠지만 웃자고 한 얘기였다. 하지만 내가 자기 가슴을 만졌고 또 발기했다고 길길이 날뛰었다. 그때 나는 트레이닝 바지를 입고 있었는데 뭐 약간 단단해졌을 수도 있다. 상사에게도 말했지만 자동 반사였지 클랭을 어떻게 하고 싶은 마음은 눈곱만치도 없었다.

클랭은 내 사과를 받아들이지 않았고 심지어 내가 '성폭행'했다고 열을 냈다. 그게 그렇게 오버할 일인가? 미투 운동 이후로 아무것도 아닌 일에 불편해하는 여자들이 너무 많아졌다. 엉덩이에 손만 대도 트라우마가 생겼다고 난리다. 이봐, 카미유 클랭! 네가 한밤중에 길을 가다가 어떤 남자가 칼을 들고 위협해서 강제로 성관계를 했다면 그걸 바로 강간이라고 하는 거야! 그런데 문제는 나를 고발하는 다른 신고가 여럿 있었던 모양이다. 그리고

클랭이 나한테 징계를 내리지 않으면 사표를 내겠다고 난
리를 쳐서 내가 정직을 당했다.

어쨌든 이제 카미유 클랭은 죽었다. 열차에 깔려 죽었
다고 하는 것 같은데 뒤발에게 자세히 물어봐야겠다. 사
고였는지, 누가 밀었는지, 스스로 뛰어들었는지 아직 확
실하지 않다. 내가 진작 말하지 않았는가. 성가신 여자
라고!

여자가 경찰 간부가 되면 골치 아픈 문제가 생긴다고
서장에게 그토록 말했건만.

16

마르탱

사건 당일

"머리를 봤어요. 머리통이 박살 났어요."

눈물이 멈추지 않았다. 내 눈물 속에 빠져 죽을 판이다.
아빠는 나를 용서하지 않겠지? 어쩌면 가족 묘지에 나를
묻지 않고 내 몸을 병원에 기증할지도 모른다. "배를 갈라
보시오. 이 호모 새끼 몸 안에 뭐가 있는지 보게!" 도대체

내가 왜 이러는 걸까? 왜 이렇게 질질 짜고, 오열하고, 울부짖는 걸까? 흐느끼는 것이 숨 쉬는 것과 같아서 한 번 흐느낄 때마다 오래 숨을 참고 있던 것처럼 공기가 한꺼번에 기도로 쏟아져 들어왔다. 예전에 본 영화 중에 의사가 피를 뽑아 환자를 치료하는 장면이 있었다. 지금은 이런 치료는 더 이상 안 하지만 어린애들이 커터로 팔이나 손목을 긋는 것도 이러한 치료와 마찬가지 원리일 터였다. 칼로 몸에 상처를 내는 행위는 밸브를 열고 몸에서 액체를 빼내 압력을 낮추는 일이나 다름없다. 수천 년 동안 인간은 땀을 흘리고 오줌을 싸고 사정을 하며 몸을 정화했다. 마찬가지로 영혼도 비워내야 한다. 아들들에게 울면 안 된다고 말하는 남자들이 여자들을 죽인다.

나는 지금 자유낙하하고 있다. 대마초, 코카인, 에피네프린은 나를 현실에서 멀어지게 했다. 사람을 죽였다. 상상한 것만큼 흥분되지 않았다. 너무 많은 이미지를 소비해서인가? 현실이라는 프리즘을 통해 폭력은 일상이 되었고 픽션이라는 프리즘을 통해 폭력은 낭만화되었다. 다시 시작해야 한다.

얼굴에 찬물을 끼얹으니 정신이 좀 들었다. 테이블로

다시 돌아와 사람이 죽은 일은 아무 일도 아니라는 양 무
관심한 태도로 일관했다. 하지만 그렇게 허세를 부려도
내가 낙오자이고 사기꾼이라는 진실은 숨겨지지 않았다.
다프네는 화를 내지 않았다. 아니, 황당해하는 것 같았다.
카미유가 지었던 표정과 비슷했다. 내가 자신을 선로로
밀어버리려 한다는 사실을 깨달았을 때 지었던 그 표정.
우리는 서로를 보고 미소 지었다. 그런데 나는 그녀를 달
려오는 열차를 향해 밀어버렸다. 이렇게 빨리 여자를 실
망시킨 적이 있던가? 옷을 입은 상태에서 이렇게까지 빨
리 여자를 실망시킨 적은 없는 것 같다.

　테이블로 돌아온 뒤부터 나는 몸을 좌우로 돌려 카페
안을 훑어보는 척했다. 다프네의 시선을 피하기 위해서
였다. 남자 손님 하나가 혼자 앉아 있었다. 우리를 계속
쳐다보고 있어서 신경이 쓰였다. 그 미친 새끼는 아니겠
지만 덕분에 내게 해야 할 일이 있다는 사실이 떠올랐다.

　"어떡하시겠어요?"

　의도하지는 않았지만 말이 차갑게 나왔다.

　"언제 다시 시작할까요?"

　하지만 돌아온 다프네의 대답은 나를 공포로 몰아넣었
다. 나는 지금까지 기를 쓰고 책임지는 상황을 피해왔는

데 다프네는 내가 책임을 질 수밖에 없는 상황으로 몰아넣고 있다. 이제 선택해야 한다. 누가 내 불알을 꽉 쥐고 점점 더 힘을 주고 있는 것 같다. 그리고 세상이 창조된 후 한 번도 말해지지 않은 대화가 이어졌다.

"문제가 있어요. 내가 임무를 완수하지 못하면 다른 사람이 와서 일을 마무리할 거예요. 그렇게 되면 우리 둘 다 죽는 겁니다."

"대리 킬러가 온다고요? 그게 사실이에요?"

"사실이에요. 누가 대리 킬러가 되는지도 알아요. 장담컨대, 입에 올려봐야 좋을 것 하나 없는 인간이에요."

다프네가 몸을 떨었다.

"대답이 필요해요. 시금 다프네의 복숨만 달려 있는 것이 아니에요!"

"내 동의 없이는 죽이지 않는다고 했잖아요?"

"생각을 바꿀 수도 있어요."

"그래요? 그럼, 여기서 죽여요. 난 방어할 힘도 없어요. 뭘 기다리는 거죠? 어서 죽여요!"

나는 꼼짝하지 않았다. 다프네는 실망했다는 듯 고개를 들어 위를 쳐다봤다.

"그럴 줄 알았어요."

"다프네가 몰라서 그러는데, 그자들은 나랑 달라요. 진짜 미친놈들이라고요. 나도 다프네처럼 좋은 사람을 다치게 하고 싶지 않아요. 다프네를 죽이고 싶은 마음이 없다고요! 하지만 내가 하면 적어도 고통 없이 빠르게 갈 수는 있어요. 다 다프네를 위해서 하는 말이에요."

다프네는 무슨 말 같지도 않은 소리를 하냐는 듯이 얼굴을 한쪽으로 갸웃했다.

"성인군자 납셨네요!"

"좋아요. 내가 죽고 싶지 않아서 그래요! 됐어요? 내 입에서 그 소리 들으니 좋아요?"

"좋아 죽을 것 같아요! 됐어요? 좀 진정해요! 포기하겠다고 말한 적 없어요. 솔직히 말하면, 선로에 누워 있는 여자를 보니까 생각이 달라지더라고요. 시체가 된다는 것이 무서워졌어요. 팔다리가 떨어져 나가지 않고 다 붙어 있다고 해도 말이에요. 죽은 새엄마가 생각났어요. 새엄마가 죽었을 때 장의사에게 맡기지 않고 집에서 장례를 치렀거든요. 시신을 방부처리 하지 못해서 집에서 가장 시원한 차고에 침대를 옮겨다 놓고 거기에 시신을 놓아두었어요. 얼마 안 가 냄새가 나기 시작했어요. 이상한 냄새, 역하지는 않지만 사향 냄새 같은, 뚱뚱한 아저씨들에

게서 나는 그런 냄새 말이에요. 여름에 비 오고 나면 땅에
서 나는 냄새 말이에요……. 냄새만이 아니었어요. 액체
가 흘러나왔어요. 정말 징그러웠어요. 사흘째 되는 날부
터는 이마에 기름이 끼기 시작하더니 젤리 같은 얇은 막
이 이마를 덮었어요."

왜 지금 이런 얘기를 하는지 당황스러웠다. 숨도 쉬지
않고 빠르게 쏟아냈는데, 너무 부적절한 얘기 아닌가? 다
프네의 새로운 모습이었다. 머리를 흔드는 것을 보니 자
기도 이상하다고 생각한 모양이다. 다프네는 마치 비밀
스럽고 부끄러운 일을 하다가 들킨 사람처럼 나를 쳐다
봤다.

"생각할 시간이 필요하다는 뜻이에요."

"열흘이에요."

"그거면 됐어요. 그때쯤 되면 정리가 될 것 같아요. 그
런데 도와줄 사람이 필요해요. 상의할 수 있는 사람 말이
에요. 혼자 결정하기가 쉽지 않아요."

"나랑 얘기해요."

"당신은 안 돼요. 제삼자여야 해요."

"음…… 시……."

"그래요. 심리학자 같은 사람 말이에요."

나는 신부님이라고 말하려고 했다. 나는 나쁜 짓을 하면 신부님을 찾아가라고 교육받았다.

"어떻게 금방 심리학자를 찾겠어요! 찾는다고 해도 우리를 신고할 거라고요."

"아니에요. 정신과 의사를 찾으면 돼요. 정신과 의사들이 가장 비정상적인 사람들이거든요. 아마 내 케이스를 도전으로 여길 수도 있어요. 나를 믿어요. 정말 좋아할 거예요. 휴대폰 줘봐요. 찾아보게."

"안 가져왔는데요."

"나도 없는데. 계획대로라면 이 시간에 나는 죽어 있어야 하잖아요. 전화 걸 일이 없죠."

"그럼, 우리 집에 가죠. 룸메이트가 있기는 하지만."

"그러지 말고 사이버카페로 가요."

다프네의 계획이 얼마나 허무맹랑한지 이유를 서른다섯 가지나 댈 수 있지만 나는 그냥 고개를 끄덕이고는 내가 아는 사이버카페를 알려줬다.

"여기서 멀지 않은 곳에 하나 있어요. 10시쯤 열 거예요. 시간이 됐으니 계산하고 나가죠."

"마르탱이 내 것까지 계산해야 해요. 돈이 없어요. 다 당신한테 줬잖아요."

"괜찮아요. 내가 낼게요."

계산을 끝내고 밖으로 나갔다. 사이버카페가 아직 문을 열지 않아서 그 앞에서 조금 기다리다가 문이 열리자마자 들어갔다. 검색을 시작하고 오래 걸리지 않아 독토립 사이트*에서 의사를 한 명 찾았다. 즉시 상담이 가능한 유일한 의사였다. 다프네는 크게 기뻐했다.

"어머, 오늘 오후에 가능하대요!"

"좋은 소식은 아닌 것 같은데요. 환자가 없다는 뜻이잖아요. 구글에서 이름 한번 쳐봐요. 리뷰가 있을지도 몰라요. 이름이 모나…… 샹스."

바로 결과가 떴다. 예상했던 것보다 기사가 많았다. 모나 샹스기 언급된 사긴 기사가 수십 개나 됐다.

"다프네, 이거 봐요. 모나 샹스 때문에 사이코가 석방되었는데 그 사이코가 석방되고 나서 아이 둘을 죽여버렸어요. 그게 다가 아니에요. 정신과 의사가 그 사이코와 연인 관계였나 봐요. 그래서 의사면허를 박탈당했어요!"

"하지만 계속 의사를 하고 있잖아요?"

"정신과 의사가 아니라 심리치료사로 일하고 있어요.

* 프랑스 의료 상담 예약 사이트.

둘이 다른가 보네요. 안됐지만 모나 샴스는 우리를 도와
주지 못할 것 같군요.”

“아뇨! 도움이 될 거예요. 확실해요. 자…… 클릭했어
요! 됐어요. 오후 4시로 약속 잡았어요! 그동안 호텔로 가
서 쉬고 싶어요. 이틀 예약했거든요. 그런데 방값은 마르
탱이 내줬으면 해요.”

“알겠어요. 일단 호텔로 가서 정산하고 나는 집으로 돌
아갈게요. 나중에 병원에서 보도록 합시다.”

우리는 각자 병원 주소를 종이에 적고 사이버카페를 나
왔다. 30분쯤 걸어 호텔에 도착했다.

“장난해요? 특급 호텔이잖아요!”

“내가 이 세상에서 보내는 마지막 밤이었디는 것을 감
안해 주면 좋겠어요. 그리고 계산할 생각은 없었거든요.”

다프네와 함께 호텔 리셉션으로 가서 방값을 지불하고
아파트로 돌아왔다. 컴퓨터를 켰다. 컴퓨터가 켜지는 동
안 휴대폰으로 뉴스를 검색했다. 지하철 CCTV에 잡힌 용
의자의 신분이 아직 밝혀지지 않았다는 기사를 보고 조금
안심했다. 커뮤니티에 접속했다. 메시지 아이콘이 깜박였
다. 가슴이 철렁 내려앉았다.

@동전던지기가 메시지를 보냈다.

D-10. 째깍째깍…….

식은땀이 등줄기를 따라 흘러내렸다.

17

모나

사건 다음 날

정확히 11시에 접수창구에 도착했다. 접수원에게 의료 카드와 진료의뢰서를 건넸다. 진료의뢰서는 신경과 의사인 내 친구 말리아 바조코가 작성한 것이다. 말리아와는 하버드 의대에서 함께 공부한 사이다. 우리는 룸메이트이기도 했고 수많은 파티를 함께 다닌 파티 메이트이기도 했다.

입학식 때 말리아를 처음 만났다. 우리는 공통점이 많았다. 둘 다 프랑스인이고 여자고 또 비백인이라는 장애를 가지고 있었다. 나는 시리아 출신이고 말리아는 콩고에서 왔다. 우리 집안은 그래도 돈이 좀 있었지만 말리아는 그야말로 가진 것이 아무것도 없어서 나보다 더 높은 장애물을 뛰어넘어야 했다. 그녀는 오로지 자신의 머리와 불굴의 의지로 장학금을 타고 하버드 의대를 졸업했다. 우리는 그 누구보다도 열심히 공부해야 한다는 것을 알았다. 또 사람들이 우리가 실수하기만을 기다리고 있기 때문에 항상 경계를 늦추지 말아야 하는 것도 알았다. 한번은 이런 일이 있었다. 의대 6학년 때 채드 본이라는 멍청한 자식이 단순 관절염으로 온 82세 노인 환자에게 스테로이드를 권장량보다 100배가 넘는 양으로 처방했다. 그러니까 1.6그램 대신 16그램을 처방한 것이다. 노인은 편집증 증세를 보였고 심지어 폭력을 행사하기까지 했다. 우리가 자신에게 해를 입힌다고 생각하고 간호사를 때리고 병원을 뛰쳐나갔다. 노인을 찾아 다시 데려오는 데 무려 한 시간이나 걸렸다. 내가 마취총을 사용하자고 제안했지만 아무도 동의하지 않았다. 마취총을 썼다면 더 빨리 일을 마무리할 수 있었을 것이다.

그런데 그 채드 본 자식은 내 말은 듣지도 않았을뿐더러 양이 너무 많지 않냐고 지적한 간호사에게 길길이 날뛰면서 욕을 퍼붓기까지 했다.

말리아와 나는 같은 시기에 프랑스로 돌아왔다. 여전히 우리는 아주 가깝게 지냈다. 살인사건이 발생했을 때도 말리아는 자신이 할 수 있는 범위에서 최선을 다해 나를 도와주었다. 하지만 내가 말리아와 연락을 끊었다. 부끄러워서였다. 수치와 불명예는 나 혼자 지고 가야 할 짐이라고 생각했다.

그런데 몇 주 전에 말리아에게 다시 연락했다. 건강 문제 때문이었다. 치료받지 않으면 안 될 정도로 두통이 심각했다. 진통제를 먹었지만 나아지지 않아 점점 더 강한 진통제를 써야 했다. 그래도 별 효과가 없었다. 파리에서 신경과 의사와 약속을 잡는 것은 하늘의 별 따기나 다름없지만 말리아 덕분에 검사를 신속하게 진행할 수 있었다. 뇌스캔을 했다. 사진을 보니 말리아의 설명을 들을 필요도 없었다. 전두엽 부근에 보이는 얼룩은 종양이었다. 오늘 받을 검사가 나에게 어느 정도의 희망이 있는지 말해줄 것이다.

　접수원이 알려준 길을 따라 영상의학과에 도착했다. 대기실에서 기다리는 동안 잡지를 뒤적였지만 MRI 결과가 어떻게 나올지 마음이 심란했다. 어쨌든 길고 힘든 싸움이 될 것이다. 그렇다고 사형선고는 아니다. 뇌실상의종이나 성상세포종 3기라 하더라도 생존할 확률은 있으니까. 수술이 가능한지, 방사선 치료 예우가 좋은지도 봐야 한다. MRI 기사가 내 이름을 불렀다.

　"모나 샹스 씨? 이리로 오세요. 이 문으로 들어가서 가운으로 환복하신 후에 반대편 문으로 들어가시면 됩니다. 소지품은 캐비닛 안에 두세요. 목걸이, 귀걸이, 시계, 피어싱 등 금속은 모두 꼭 제거해야 합니다. 그리고 검사가 진행되는 동안 절대 움직이면 안 됩니다. 임신하시 않으셨죠?"

　"난관결찰술을 받았어요."

　"아직 젊으신데……."

　"그래서요?"

　"아닙니다. 폐소공포증은요?"

　"없어요."

　"좋습니다. 저희는 저 유리문 뒤에 있을 겁니다. 마이크도 있으니 하실 말씀 있으면 편하게 하시면 됩니다. 그럼,

옷 갈아입으세요.”

MRI 기사는 나를 혼자 남겨두고 탈의실을 나갔다. 나는 그 사람이 말한 대로 했다. 검사실로 들어가자 내가 누워야 할 진료대가 보였다.

“간호사가 들어와서 카테터를 시술할 겁니다. 카테터로 가돌리늄이 주입되고요. 조직이 잘 보이도록 하는 조영제입니다. 드물지만 열감을 느끼는 사람도 있습니다. 알레르기 있으신가요?”

나는 머리를 가로저었다.

“좋습니다.”

MRI 기사가 검사실을 나갔다. 물론 그가 설명한 모든 것을 잘 알고 있지만 내가 누구인지 말하고 싶지 않았다. 아니, 내가 누구였는지. 힘들게 쌓은 공든 탑이 한순간에 무너지기 전에 한때 내가 정신과 의사였다는 사실을 말하고 싶지 않았다.

간호사가 들어왔다. 마음을 다잡았다. MRI실로 들어가 검사대에 누었다. 머리에 안테나 역할을 하는 네트를 썼다. 모두 사라지고 내 앞에 아무도 없었다.

검사대가 원통 안으로 들어갔다. 지지직거리는 소리가 들렸다. 마이크 소리였다.

"들리세요? 소음이 날 겁니다. 놀라지 마세요. 음악을
틀어드리겠습니다. 자비에, 음악!"

첫 음이 나오자 무슨 음악인지 금방 알 수 있었다. 모
차르트의 레퀴엠 중 '라크리모사'*였다. 키득거리는 소리
가 들렸다. 마이크가 아직 켜져 있다는 사실을 모르는 것
같았다.

"자비에, 왜 그 음악을 틀었어? 음악 바꿔!"

"저 여자가 누군지 몰라? 모나 샹스야. 저 여자 때문에
애가 둘이나 죽었잖아!"

눈물이 뺨을 타고 흘러내렸다. 문이 기칠게 열리는 소
리가 나더니 음악이 멈췄다. 그러고는 마이크가 꺼졌다.
몇 초 뒤 익숙한 목소리가 들려왔다.

"모나! 나야, 말리아. 미안해. 있을 수 없는 일이야. 내가
그 사람 내보냈어. 음악 바꿔줄게."

셀린 디옹의 노래가 흘러나왔다.

---

* 죄지은 인간이 심판의 날을 기다리며 눈물을 흘린다는 가사를 담고
있다.

"MRI 소음이 더 나을 것 같아."

말리아의 웃음소리가 들렸다. 가슴이 따뜻해졌다. 생각해 보니 조영제 때문인 것 같기도 했다.

18

모나

사건 다음 날

검사가 끝나고 말리아의 사무실로 갔다. 우리는 아무 말 없이 한동안 그렇게 앉아 있었다. 나는 말리아의 얼굴을 살폈다.

"내가 맞춰볼게."

"모나……."

그것은 우리 사이의 게임이었다. 의대에서 참관 수업할

때 우리는 의사가 환자에게 병명을 말하는 모습을 멀리서 지켜보면서 병명을 짐작했다. 환자의 증상을 알고 있기는 했지만 의사의 얼굴을 보고 병명을 맞춘 것이다.

말리아는 웃지 않았다. 표정이 심각했다.

"교모세포종이야."

말리아의 눈에서 눈물이 흘러내렸다.

"내가 맞췄네! 얼마나 남았어? 6개월?"

"치료를 받으면 1년 정도."

하지만 내가 어떤 선택을 할 것인지 말리아는 잘 알고 있었다. 나는 코트와 핸드백을 챙겨 일어났다.

"어디 가는 거야? 우리 얘기해야 하잖아."

"지금은 안 돼. 1시에 상담 약속이 있거든."

나는 뒤도 돌아보지 않고 말리아의 사무실을 나왔다. 차 안에 앉아 내가 걸린 병에 대해 생각했다. 울음을 참을 수가 없었다. 교모세포종…… 최악의 케이스다. 예후가 무시무시했다. 5년 생존 확률이 7퍼센트. 병의 예후와 치료 후유증을 봤을 때 이 사람들은 결코 행운아들이 아니다. 나는 끝났다. 마땅히 받아야 할 벌이다. 상처 난 내 목숨으로 순수한 두 영혼의 목숨을 보상해 줄 수만 있다면,

내 목을 내주고 내 죄를 용서받을 수 있다는 희미한 희망을 꿈꿀 수만 있다면.

글로브 박스에서 티슈를 꺼내 눈물과 콧물을 닦았다. 글로브 박스에는 낡은 책 한 권도 있었다. 아버지가 지난번 프랑스에 오셨을 때 주고 간 것이다. 페르시아의 대표적인 신비주의 시인 루미의 시집이다. 아랍어로 되어 있다. 나도 모르게 시집에 손이 갔다. 아버지에게 받은 후로 한 번도 들춰보지 않았는데 몇 장 넘기다가 밑줄이 쳐진 구절을 발견했다.

"폐허가 소중한 까닭은 보물이 묻혀 있을 것이라는 희망이 있기 때문이다." 나는 눈물을 닦고 피식 웃었다. 조수석에 책을 던져놓고 차를 출발시켰다. 나중에 폐허를 한번 탐사해 보리라 다짐하며 감정을 추슬렀다.

사무실은 어두웠다. 불을 켜고 책상에 앉아 마르탱 마르텔과 다프네 플로레스를 기다렸다. 내 인생은 끝났지만 어쩌면 다프네 플로레스의 인생은 이제 시작인지도 모르겠다.

얼마 후 두 사람이 들어왔다. 책상 앞에 있는 의자에 앉자마자 남자가 내게 물었다.

"우리를 신고할 건가요?"

"아직 결정하지 못했어요."

남자는 내가 진지하게 대답한 건지 아니면 농담한 건지 몰라 당황한 듯했다. 사실 나는 그 문제에 대해 깊이 생각할 여유가 없었기에 일단 모호한 상태로 놔두기로 하고 바로 본론으로 들어갔다.

"어쨌든 제가 도와드릴게요. 그럴 만한 개인적인 이유가 있어요. 다프네, 하지만 한 가지 분명한 것은 열흘 안에 당신이 찾는 답을 찾을 수는 없다는 점이에요. 우울증 치료는…… (다프네가 나를 침울하게 쳐다봤다) 그래요, 다프네, 우울증이에요. 우울증 치료는 오래 걸리는 데다 팀워크가 아주 중요해요. 환자, 가족 그리고 당연히 의사 이렇게 세 축이 한 팀이 되어 움직여야 하고 상담 치료와 약물 치료를 세심히 조합하는 것도 중요하죠."

"약은 복용하고 싶지 않아요."

"그건 잘못 알고 있는 거예요. 약은 생명을 구합니다. 어쨌든 나는 더 이상 의사가 아니기 때문에 약을 처방할 수는 없어요. 다프네를 치료하는 데 팔 하나가 없는 셈이죠. 그만큼 치료가 더 어려울 거예요. 직업 윤리상 정신과 의사가 다프네에게 더 큰 도움을 줄 수 있다는 사실을 고

지하지 않을 수 없네요. 내게 권한이 있다면 다프네를 입원시키고 항우울제를 처방할 겁니다."

"선생님 말씀은 알겠어요. 하지만 제 선택은 분명해요. 다른 사람은 원치 않아요."

"좋습니다. 그럼, 남자분을 위해서는 뭘 해야 하죠?"

나는 남자에게 물었다.

"저요? 저는 아무 문제 없어요."

나는 남자를 뚫어져라 쳐다봤다.

"네. 그래 보이네요. 그럼, 다프네! 자살을 생각하다가 행동으로 옮기는 결정적인 이유는 자살밖에 다른 가능성이 없다고 착각하기 때문이에요. 마치 눈가리개를 쓴 것처럼 시야가 좁아진다는 뜻이죠. 앞만 보기 때문에 옆에 있을지 모를 해결책을 보지 못한다는 말이에요."

"맞아요. 제가 그래요. 생각을 할 줄 알게 되었을 때부터 쭉 그랬던 것 같아요. 어떻게 바꿔야 할지 모르겠어요."

"우리가 찾아야 할 것이 바로 그거예요. 다프네의 어린 시절을 알고 싶어요. 마르탱, 잠시 대기실에서 기다려 주겠어요?"

"괜찮아요. 나를 죽여달라고 부탁한 사람이에요. 내 어린 시절 얘기가 그보다 더 부끄럽지는 않을 거예요.”

다프네에게 먼저 한 방 맞고 시작하는 건가? 마르탱은 보기와는 달리 아주 무례한 사람은 아닌 듯했다. 그는 상담실에서 나가지는 않았지만 주머니에서 이어폰을 꺼내 귀에 끼고 휴대폰으로 음악을 들었다. 다프네가 이야기를 시작했다. 혼자 수천 번, 수만 번 떠올렸을 학대와 방임의 이야기였다. 한 번씩 떠올릴 때마다 자존감은 무너졌고 악순환은 반복되었다.

아이는 자신이 엄마의 사랑을 받을 자격이 없다고 생각했다. 아빠는 자신을 때리지만 진심은 자신을 사랑하는 거라고 믿었다. 학교에서는 친구들이 아빠를 대신했다. 인간은 익숙한 것을 좋아한다. 도식은 인간을 안심시키고 나아가 뇌는 도식에 적응한다. 이것이 인간의 생존본능이다. 하지만 이 생존본능은 인간의 높은 의식 수준과 조화를 이루지 못한다. 게다가 학대당한 아동들은 잔인하게도 자신이 겪고 있는 상황을 정상적인 것으로 받아들인다. 부모의 사랑이라고 믿는 이 가짜 사랑은 앞으로 아이가 맺게 될 인간관계의 기준 역할을 한다. 다프네는 자신이 감내한 끔찍한 학대를 눈물 한 방울 흘리지 않고 담담하게 얘기했다. 그녀가 내린 결론은 자신이 모든 문제의 원인이고 자살만이 해결책이라는 것이었다.

"다프네, 다프네는 자신을 있는 그대로 보지 못하고 있어요. 그럴 수밖에 없어요. 진정한 자신은 어딘가에 숨어 있기 때문이죠. 다프네는 위험에 처해 있는 자신만을 알고 있어요. 진정한 다프네는 자신을 보호하기 위해 만든 수많은 방어기제 속에 숨어 있어요. 다프네, 자신을 증오하면 안 돼요. 진짜 자신을 만난 적도 없잖아요. 다프네는 지금 자신의 것이 아닌 인생을 떠나려고 하는 거예요. 탈출구는 많아요. 어떤 탈출구가 있는지 곧 발견하게 될 거예요."

"그런데 엄마가 집을 나가기 전에도, 또 아빠가 나를 때리기 전에도 나는 사람들과 다르다고 느꼈어요. 부적응자 같은……"

"어떻게 다르게 느꼈는지 앞으로 함께 탐구해 보도록 하죠. 다르다는 것은 다프네가 겪고 있는 고통의 원인이 아니에요. 문제는 사람들이 다프네를 대하는 태도예요. 다프네가 가지고 있는 조건, 기본 조건은 그 자체로는 완벽해요. 그 조건이 지금의 고통을 야기하는 것이 아니에요. 이해하겠어요? 다프네가 감내하며 견뎌왔던 일들이 다프네에게 고통을 주고 있어요. 거기서 벗어날 수 있어요. 벗어날 수 있을 뿐 아니라 그 과정에서 성장하는 거예요. 완전히 사라지게 하지는 못하더라도요."

다프네는 고개를 끄덕였지만 수긍하는 것 같지는 않았다. 놀랄 일도 아니다. 수년 동안 성처럼 굳건하게 쌓아온 자기혐오를 어떻게 단 한 시간 만에 무너뜨릴 수 있겠는가.

첫 상담이 끝났다. 마르탱에게 이어폰을 빼도 좋다는 신호를 보냈다. 나는 두 사람에게 한 가지 제안을 했다.

"당장은 괜찮겠지만 곧 경찰이 두 사람의 신원을 확인할 것이고, 그러면 파리에서 자유롭게 돌아다닐 수 없게 될 거예요. 너무 위험해요. 므동에 작은 집이 하나 있어요. 물려받은 것인데 두 사람, 거기 있을래요? 나는 자주 가지 않거든요. 주소를 적어줄게요. 열쇠도 있어요. 지금 그곳으로 가세요. 오늘 저녁에 나도 갈게요."

대담하고 무모한 내 행동에 나 자신도 놀랐다. 이런 비상식적인 제안을 하다니! 뇌종양 때문인가? 전두엽 증후군의 초기 증상일 수도 있다. 두 사람 역시 믿지 못하겠다는 듯 나를 쳐다봤다.

"우리가 누군지 알고 그런 호의를 베푸시는 거죠?"

"돈 때문이에요. 참, 치료비는 어떻게 지불할 거죠?"

"마르탱이 낼 거예요. 제 전 재산을 마르탱에게 줬거든요."

"60유로예요."

두 사람은 치료비를 지불하고 문 쪽으로 걸어갔다. 문을 열기 전에 뒤를 돌아보며 남자는 저녁에 보자고 했고 여자는 고맙다고 했다.

"네, 저녁에 봐요. 이제 그만 나가주시죠!"

두 사람은 웃음을 터뜨리며 밖으로 나갔다. 혼자 남았다. 나는 흰 종이를 꺼내 '모냐 샴스의 마지막 소망'이라고 적었다. 그것이 제목이다. 무엇을 적어야 할지 아직 모르겠지만 미리 계획을 세우는 것도 나쁘지 않을 것 같다.

19

제랄드

브르통과 뒤발이 우리 동네에 순찰하러 왔다가 집에 들렀다. 정말 든든한 동료들이다. 나는 불평하는 스타일은 아니지만 오늘은 아침부터 재수가 옴 붙었다.

마누라에게 놈팡이가 생겼다. 아내 페이스북에서 어떤 놈하고 키스하고 있는 사진을 봤다. 바로 전화를 했다. 아내는 애들이 어떻게 생각할지 전혀 걱정하는 눈치가 아니었다. 애들이 학교에서 "너희 엄마 진짜 섹시하더라"라는 소리를 듣고 울면서 집에 오면 아주 꼴 좋겠다.

아무튼 애들에게 그 작자를 보일 생각은 꿈에도 하지 말라고 단도리를 치고 전화를 끊었다. 내가 뒷조사를 좀 해봤는데, 어떤 스타일의 남자인지 안 봐도 뻔하다. 머리를 길게 기르고 허리에 사롱을 두르고 다니는 그런 놈이다. 분명 저글링을 하고 젬베를 치고 또 하루 종일 대마초를 피워댈 것이다. 속으면 안 된다. 이런 작자들은 사랑과 평화를 입에 달고 살지만 기회만 있으면 경찰에게 짱돌을 던지는 놈들이니까.

도대체 우리 애들이 이런 작자를 보고 뭘 배우겠는가? 열심히 사는 사람들 출근길 파업으로 방해하는 거? 신분이 밝혀질까 겁나 마스크 쓰고 데모하는 거? 그런 짓을 하느니 차라리 돼지겠다.

애들 엄마가 누구를 만나든 상관없지만 그 히피 자식이 내 애들을 무정부주의자로 만드는 꼴만큼은 두고 볼 수 없다. 그 자식의 이름은 구스타보다. 내가 페피토*라고 부르니까 아내가 인종차별이라며 화를 냈다. 그 자식이 어디 출신인지도 모르는데 인종차별은 무슨 인종차별이야!

* 프랑스 비스킷 브랜드명. 솜브레로를 쓴 멕시코 소년 페피토가 마스코트다. 히스패닉계를 조롱할 때 쓰이는 이름이기도 하다.

나와 아내 사이에 문제가 있다는 얘기를 듣고 브르통과 뒤발이 나를 보러 온 것이다. 두 사람은 먼저 경찰서 소식을 들려주었다. 루셀과 블랑샤르 사이에 뭔가가 있는 것 같다고 했다. 블랑샤르가 사는 아파트 근처에서 큰 싸움이 나서 뮐레르가 출동했는데 블랑샤르 아파트에서 루셀이 나오는 모습을 봤다고 한다. 그리고 엘 아디가 스쿠터 도난 사건을 해결한 모양이다. 엘 아디는 그 동네 도둑놈이라는 도둑놈은 죄다 알고 있다. 어쩌면 도둑놈한테 스쿠터를 샀을 수도 있다. 그것도 가족 할인 가격으로. 무슨 교육도 있었다고 하는데 전혀 아쉽지 않다. 가정 폭력 피해자들을 대하는 방식, 뭐 그런 주제라는데 심리학자들이 와서 교육했다고 한다. 아니, 심리학자들이 경찰한테 경찰 일을 가르친다는 게 말이 되나?

드디어 카미유 클랭 이야기가 나왔다.

"조화를 보낸다고 모금을 하더라니까. 뒤발하고 나는 안 냈어." 브르통이 말했다.

"다들 너무 오버하는 거 같아. 자기들 여동생이 죽은 것도 아닌데 말야."

"새로운 소식 없어?"

"CCTV 영상을 봤는데, 한 남자가 클랭 주변을 왔다 갔다 하더니 열차가 들어오는 것을 보고 선로로 밀어버리더라고!"

"나도 영상을 봐야겠어. 왠지 기분이 좋아질 것 같아. 팝콘 한 통 사서 먹으면서 보면 재밌을 거야. 표정이 왜 그래? 우리 사이에 농담도 못 해?"

"그게 아니라…… 자네…… 말해줄 게 있는데, 그런 농담 아무한테나 하지 마. 사무실에서 말이 많아. 우리가 들어가면 얘기를 하다가도 멈춘다니까. 우리가 자네 편이라는 걸 아니까. 사람들이 하는 얘기를 브르통이 들었는데……."

"그래, 산체스 책상 옆에 있는 복사기 알지? 그 근처에서 들었는데 산체스가 바르텔레미한테 자네기 연루되었을 수도 있다고 하는 거야."

"뭐? 난 아무 짓도 안 했이! 물론 내가 클랭을 싫어하지. 그 여자 때문에 정직도 당했잖아. 그렇다고 내가 그 여자를 어떻게 했겠어? 그러니까, 그렇게까지 하겠난 말이지. 말도 안 되는 소리를 하고 있어!"

"우리야 잘 알지. 너무 걱정하지 마. 곧 조용해질 거야. 다들 너무 충격받아서 아무 소리나 하는 것 같아."

"내 말이 그 말이야. 누가 더 애통한지 무슨 대회라도

하는 것 같다니까? 그만 다른 얘기 해. 커피 좀 줘. 한잔 마
시고 서로 들어가야지.”

커피를 내리러 부엌으로 가려는데 전화가 왔다.

“여보세요?”

“잘 지내나? 카스탱 서장이야. 서로 한번 나와줘야겠
어. 자네에게 물어볼 게 있거든.”

지금 장난하는 거야? 설마 나한테 덮어씌울 셈은 아니
겠지? 이년은 죽어서까지 나를 물고 늘어지네!

20

다프네

사건 4일째

므동에 온 지 4일째다. 모나 선생님 집은 20세기 초 아르데코 양식 저택으로 여러 층이 있지만 실제로는 1층만 사용하는 것 같다. 1층에는 벽난로가 있는 고풍스러운 거실과 오래된 부엌, 서재가 있다. 서재는 원래 다이닝룸으로 쓰던 곳을 개조한 듯한데 서가에 책이 꽉 들어차 있다. 소설은 거의 없고 과학 개론서, 의학 개론서, 해부학 책,

대부분 그런 책들이다. 모나 선생님이 출근하고 나면 나는 서재로 가서 하루 종일 책을 뒤적였다. 선생님이 있을 때는 책에 손을 댈 용기가 나지 않았다. 선생님이 뭐라고 할까 봐 그런 것이 아니라 나처럼 공부를 많이 하지 않은 사람은 책을 읽을 자격이 없는 것 같아서다. 나 자신이 나에게는 금지된, 적어도 일부에게만 허락된 지식의 세계에 재미로 발을 들여놓은 기괴한 괴물처럼 느껴졌다.

어렸을 때 나는 배우는 것을 좋아했다. 인간이 하늘에서 쫓겨난 이래로 땅을 뛰어다녔거나 하늘을 날아다녔던 모든 일에 대해서 알고 싶었다. 과거와 현재의 신들과 인간이 신들에게 부여한 이름에 대해 배웠다. 특히 백과사전을 좋아했다. 집에 7세에서 11세용 백과사전이 하나 있었는데 페이지가 거의 500쪽에 달했다. 나는 그 안에 삼라만상의 이치가 들어 있다고 믿었다. 그리고 즐거움의 이치도 있었다. 지식은 내 머리에 존재하는 빈칸들을 채워주었고 큰 즐거움을 주었다. 정신적으로 즐거울 뿐 아니라 육체적으로도 즐거움을 느꼈다. 하지만 내 안에 있는 짐승은 항상 배가 고팠다. 나는 눈에 보이는 것은 죄다 읽었다. 항상 읽었다.

가끔 잘못된 만남을 갖기도 했다. 열 살 때 만난 그레고르 잠자가 그중 하나다. 카프카의 《변신》은 내게서 어린 아이의 순수함을 앗아갔다. 물론 그때는 이야기의 의미를 잘 이해하지 못했지만 그런데도 너무 무서워 공포심을 느낄 정도였다. 카프카를 읽기 전에는 벌레를 무서워했는데 카프카를 읽고 난 후에는 사람들이 더 무서웠다.

서가에는 철학책도 있었다. 솔직히 말하면 무슨 말인지 전혀 이해할 수 없었다. 철학은 시인들이 그리는 그림이다. 그림은 아름답지만 전달하려는 메시지는 내가 감당할 수 없는 고도의 추상적 사고 능력을 요구한다. 유일하게 나의 언어로 말하는 철학자가 사르트르다. "타인은 지옥이다." 아주 잘 알고 있다.

아랍어로 된 책도 있었다. 코란인 것 같았다. 나는 부신론자인 부모님 밑에서 자랐지만 할머니 댁에 성경책이 있었다. 카인과 아벨, 다윗과 골리앗, 바벨탑…… 성경에 나오는 이야기 뒤에 숨은 속뜻에는 관심이 없었지만 이야기 자체에 나는 열광했다. 그중에서도 살로메나 데릴라 같은 요부들이 나오는 이야기에 매료되었다.

나는 종교교육을 받은 적은 없지만 악마가 신보다 훨씬 인간적이라고 생각한다. 십자가에 못 박힌 예수, 순교를 요구당하는 성인들……. 성당은 시원하다는 점을 빼놓고는 오래 머물고 싶은 마음이 전혀 안 드는 곳이다. 예수는 록스타가 될 수도 있었다. 그런데 얻은 것이 뭔가? 자신 앞에 무릎을 꿇고 있는 여자들? 이 여자들은 빨아주지도 않는데! 아니면 돈 몇 푼에 자신을 팔아먹은 제자? 영적인 사람이 되는 것도 나쁘지 않을 것 같지만 교리는 딱 질색이다. 요가는 말도 꺼내지 말기를. 내면으로의 여행 같은 것은 정중히 사양하겠다. 나의 내면은 재난 지역이다. 쓰레기 더미를 뒤진다고 뭐가 나오겠는가? 나에게 남은 것은 아무것도 없다.

모나 선생님에게 거짓 희망을 심어준 것 같아 미안한 마음이 들었다. 사고 직후에는 자살을 망설였지만 일단 충격이 가시고 난 지금 모든 것이 제자리로 돌아왔다. 정신과 의사가 나한테 해줄 수 있는 일이 아무것도 없다는 사실을 이제야 깨달았다.

죄책감이 나를 괴롭혔다. 신경증 축제에 내가 조각조각 썰려서 음식으로 제공되었다. 앙트레, 메인 디쉬, 디저트…… 나의 후회와 회한은 축제에 온 사람들을 배불리 먹일 수 있을 정도로 넘쳐났다.

심리 상담이 아주 도움이 되지 않은 것은 아니다. 상담받고 나면 마음이 약간 가벼워지기는 했다. 하지만 조금

만 지나면 바로 머리 위로 먹구름이 몰려왔다. 어쩌면 나
는 먹구름 속에서 태어났는지도 모르겠다. 더 이상 할 것
이 없다. 나는 출구가 없는 우울증 말기 환자다. 모나 선
생님에게 이 말을 해주고 싶다. "누군가를 구원할 수는 없
다. 다만 사랑해 줄 수 있을 뿐이다." 아나이스 닌이 한 말
이다. 바보 같은 소리! 세상에 단 한 가지 변하지 않는 진
실이 있다면 그것은 '내가 문제가 아니라면 내가 해결책
도 아니다', 바로 이것이다. 모나 선생님에게 편지를 써야
겠다. 편지에 그 말을 적으면 좋을 것 같다. 마르탱에게 편
지를 전달해달라고 부탁해야지.

모나 선생님을 생각하면 마음이 짠해진다. 선생님은 마
르탱과 나를 차갑게 대하고 있지만 언뜻언뜻 내비치는 나
정함은 숨기지 못했다. 고통도 느껴졌다. 언론에서는 선
생님을 괴물 취급했지만 진짜 괴물은 엘리즈 베르제다.
괴물은 다른 괴물을 이용하지 않는다. 자신에게는 없는
인간애가 있어야 자신의 계획을 성공시킬 수 있기 때문
이다. 엘리즈 베르제는 모나 선생님에게서 인간애를 본
것이다. 그런 이유로 지금 나는 노력하는 척하고 있다. 이
미 결심이 섰지만 그래도 내가 최선을 다하고 있다고 선
생님에게 말해주고 싶기 때문이다.

마르탱에게도 그렇게 말했다. 그는 내 말을 이해했고, 기다려주겠다고 했다.

마르탱은 놀라운 남자다. 사람을 선로로 밀어서 머리를 박살 내고 뇌를 터지게 한 사람이라고는 상상할 수 없을 정도로 온화한 사람이다. 마르탱이 폭력의 세계로 들어간 것이 아니라 사람들이 그를 몰아넣은 것이다. 마르탱이 자신의 아빠에 관한 얘기를 잠깐 한 적이 있다. 자신은 한 번도 아빠의 기대에 부응한 적이 없고 결국에는 정확히 아빠가 예측한 사람이 되고 말았다고 했다.

문득 마르탱이 잘 지내고 있는지 알고 싶어졌다. 오늘 저녁, 므동에 와서 처음으로 그의 방문을 두드렸다.

"마르탱?"

노크하고 방문을 열자 그가 노트북을 거세게 닫았다.

"이상한 상상 하지 말아요!"

마르탱이 허둥지둥 대답했다. 나는 의심의 눈초리를 보내며 눈썹을 치켜올렸다.

"그래요, 맞아요. 상상한 그대로예요."

나는 방 안으로 들어가 방문을 닫고 마르탱의 침대로 가서 앉았다.

21

마르탱

사건 4일째

어휴, 시팔! 쪽팔려서 원. 포르노를 보다가 다프네에게
걸린 것이 벌써 두 번째다. 그나마 이번에는 딸딸이를 치
고 있지 않아 다행이다. 얼굴이 벌겋게 달아오르고 몸을
어디다 둬야 할지 몰라 당황스러웠다. 한번은 사춘기 때
자위를 하다가 엄마에게 들켰는데 그때는 지금과 비교할
수 없을 정도로 큰 수치심을 느꼈다. 아무리 하지 말라고

해도 엄마는 내 방을 청소했다. 내가 침대 밑에 숨겨놓은 포르노 잡지들을 모조리 꺼내 먼지를 털어내고 머리맡 테이블 서랍에 반듯하게 넣어놓았다. 정말 부끄러워서 죽고 싶었다. 더 끔찍한 점은 테이블 근처에 티슈와 휴지통을 가져다 놓았다는 것이다. 엄마는 나에게 한 번도 잡지에 대해 말을 꺼내지 않았지만 분명 아빠에게 물어봤을 것이다. 아빠는 그 나이 사내아이에게는 정상적인 일이고 잡지 사진이 여자들인 것을 보니 걱정할 필요 하나도 없다고 대답했을 것이다. 한번은 내가 열일곱이 되면 창녀에게 데려가야겠다고 아빠와 삼촌이 나눈 대화를 듣고 깜짝 놀란 적이 있다. 그 나이 때 나는 병적으로 수줍음을 많이 탔는데 다행히 아빠와 삼촌의 계획은 흐지부지되었다.

나는 바로 자백하기로 했다. 변명할수록 상황이 오히려 악화된다는 사실을 경험을 통해 잘 알고 있었다. 그래도 무척 곤욕스럽다. 다프네에게는 더욱 그렇다. 그래도 나에게 환상을 가지고 있었을 텐데. 온라인에서 나는 그녀가 원하는 위험하고 자신감 넘치는 남자였다. 다프네가 크게 실망했을 것이다. 냉혹한 킬러를 고용한 줄 알았는데 눈앞에 나타난 것은 겁먹은 토끼 새끼라니!

다프네는 이제 나를 더러운 변태라고 생각할 것이다.

그런데 놀랍게도 화를 내거나 조롱하는 것 같지 않았다. 다프네는 조용히 방문을 닫더니 침대로 와서 앉았다.

"몇 년 전에 포르노 영화를 봤는데 줄거리가…… 특이했어요. 부유한 모험가들이 나치 정권에서 잃어버린 보물을 찾기 위해 여행을 떠난다는 내용이었거든요. 진짜 한심했어요. 정말 그렇게 많이 웃은 적도 없고 또 그렇게 섹스를 안 하고 싶은 마음이 든 적도 없었어요. 어디, 나 좀 보여줘 봐요."

"다프네, 안 그러는 게 좋을……."

"상관없어요. 보여달라니까요."

내키지 않았지만 할 수 없이 노트북을 열었다. 같이 영상을 보면서 나는 그냥 죽고만 싶었다. 다프네는 집단 성행위 장면에서 영상을 멈췄다. 여자가 기어다니며 다섯 남자에게 오럴을 했다. 그러다 세 남자가 여자의 몸 세 곳에 삽입하고 동시에 사정했다. 이때 그동안 비추지 않았던 여자의 얼굴이, 정액을 뒤집어쓰고 황홀한 표정을 짓는 여자의 얼굴이 화면에 잡혔다. 여자가 자신의 몸에 뿌려진 정액을 핥으려 할 때 내가 정지 버튼을 눌렀다. 수치심에 더 이상 볼 수가 없었다.

"그래요, 나는 이런 거 봐요."

"내가 충격받았을까 봐 걱정돼요? 나 섹스 좋아해요. 죽으면 아쉬울 것이 하나도 없는데 섹스는 좀 아쉬울 것 같아요."

"커뮤니티에 다프네를 도와줄 수 있는 사람을 한두 명 알고 있어요. @시체가좋아랑 그리고……."

"……@영안실사랑?"

우리는 웃음을 터뜨렸다. 내가 이런 놈들하고 같은 커뮤니티 활동을 했다니!

"마르탱, 내가 여자여서 포르노를 안 본다고 생각하나요? 여자들도 욕구를 느껴요. 단지 사회가 여자의 욕구를 좋지 않게 볼 뿐이죠."

"그럼, 여자들도 포르노를 보고 흥분해요?"

"그런 사람도 있고 아닌 사람도 있고. 사람마다 달라요. 가장 좋은 방법은 직접 물어보는 것이죠."

나는 잠깐 주저하다가 다프네가 미소를 지으며 고개를 끄덕이는 것을 보고 입을 열었다.

"다프네도 좋아해요?"

"글쎄요. 방금 본 것은 별로예요. 전혀 현실적이지 않아요. 남자 배우들은 모두 몸이 빵빵하고 성기는 엄청나게 크잖아요. 나는 그렇게 큰 성기를 보면 무서워져요. 그리고 천편일률적이에요. 여자 배우들 보세요. 모두 똑같아요. 모두 어리고 날씬하고 몸에 털 하나 없잖아요. 재미없어요. 그런데 가장 웃긴 것은 성이 표현되어 있지 않다는 점이에요."

"성이 표현되어 있지 않다고요? 포르노인데?"

"네! 여기 보세요."

다프네는 영상을 뒤로 돌려서 자신의 의견을 열렬히 피력했다.

"내가 포르노를 보면서 흥분할 때는 여자 배우가 쾌락을 느낄 때예요. 그런데 여기는 아무도 여자 배우에게 신경을 쓰고 있지 않아요. 오로지 남자들이 얼마나 오래 하는지, 얼마나 힘이 센지만 보여주고 있어요. 여자는 완선히 남자들한테 지배당하고 있고요. 그런데 현실에서는 그렇지 않잖아요."

"여자들이 그걸 좋아하는 줄 알았는데요. 지배당하는 거 말이에요."

"흐음. 상대방과 상황에 따라 다르죠. SM을 좋아하면 그럴 수 있겠죠. 내 주위에도 그걸 좋아하는 여자들이 있어요. 우리는 똑같지 않아요. 다시 말하지만 물어보면 돼요. 그런데 이 포르노에서는 여자가 비인격화되어 있어요. 여자가 저기에 있는 유일한 용도는 삽입당하는 거죠.
봐요. 내 말이 맞잖아요. 이 남자들의 유일한 목적은 여자
가 가지고 있는 모든 구멍에 자기 성기를 삽입하는 거예
요. 남자들이 종목을 잘못 선택한 것 같아요. 섹스 클럽이
아니라 골프 클럽에 갔어야 했는데.”

웃음이 터져 나왔다. 전혀 생각해 보지 못한 각도의 이
야기였다. 실제로 이 문제에 대해 여자들과 한 번도 얘기
해 본 적이 없었다.

“그럼, 다프네는 뭘 봐요?”

그녀가 약간 주저하는 것이 느껴졌다.

“정말 알고 싶어요?”

“지금 우리가 본 것보다 더 나쁘겠어요?”

“윤리적 포르노를 봐요. 웃지 말아요. 진짜예요! 대부
분 여성들이 제작하는 거예요. 많은 여성 감독들이 포르
노를 만들기 시작했어요. 지금은 제목이 기억나지 않지
만 나중에 찾아보고 알려줄게요. 마르탱도 보면 흥분할
거예요. 그리고 남자들처럼 여자들도 즐길 수 있다는 것
을 알게 될 거고요.”

“그런 게 있는지도 몰랐어요. 고마워요. 다프네와 이런
얘길 하니까 정말 좋은데요!”

"대화를 할 수 있는 남자와 연애할 때가 가장 좋았던 것 같아요. 하지만 이런 얘기 하려고 온 건 아니고요, 잘 지내는지 물어보려고 왔어요……. 괜찮아요?"

"무슨 말이에요?"

"지금 우리가 고통스러운 시간을 보내고 있잖아요. 나야 죽으면 그만이지만 마르탱이 걱정돼서요."

이런! 뒤통수를 맞은 기분이다……. 제길, 다프네! 그녀에게 정말 알려주고 싶었다. 나는 무너지기 일보 직전이고 너무 고통스럽고 두려워서 엄마 품에서 엉엉 울고 싶다고. 정말 그렇게 말하고 싶었다.

"걱정할 필요 없어요. 난 괜찮아요. 컨디션도 좋아요. 이 정도로 쓰러질 내가 아닙니다."

어휴, 바보 같은 자식!

"알았어요. 그럼, 나는 자러 갈게요. 혹시 얘기하고 싶으면 나와 모나 선생님이 가까이 있다는 걸 알죠?"

다프네가 방을 나갔다. 도대체 내가 왜 이러는 거지?

22

@동전던지기

사건 5일째

전문가들에게조차 우리는 미스터리한 존재다. 그들은 우리를 이해하려고 하기 전에 먼저 우리를 제대로 명명해야 할 것이다. 소시오패스, 사이코패스, 반사회적 행동장애…… 그들은 우리의 본질을 제대로 포착하지 못하고 있다. 하지만 우리가 정신병자가 아니라는 사실에는 모두 동의하고 있다. 불쌍한 정신병 환자들과는 달리 우리는 현실을 잘 인지하기 때문이다. 그래서 우리가 사람들의 눈에 보이지 않는 것이다. 모두 당신들의 무지 덕분이다. 내가 만약 조현병 환자와 같이 있다면 사람들은 내가 아니라 그를 위험인물이라고 생각할 것이다. 예술에서 정신병이 너무 많이 다뤄졌다. 일례로, 영화는 우리를 악마화하고 수많은 클리셰를 양산했다. 그래서 우리가 지하로 숨어든 것이다. 정말 부당하다. 항상 하는 말이지만 한 번 더 하겠다. 사이코패스라고 해서 모두 폭력적인 것은 아니다.

물론 내 경우는 아니다.
나는 무지하게 폭력적이다

시작은 자랑할 만한 것이 못 되있나. 낭연히 잔혹했지만 창의성 면에서는 언급하기 창피할 정도다. 맥도날드 트라이어드* 가설에 따르자면 부모님이 걱정할 만했다. 열다섯이 될 때까지 나는 고양이들 가죽을 벗겨 불태워

---

* 연쇄살인범의 행동발달 3요소. 미국 정신과 의사 존 맥도날드가 1963년 주창한 가설로 유년 시절 동물 학대, 방화, 야뇨증을 경험한 사람들이 소시오패스 혹은 사이코패스가 될 확률이 높다는 것.

죽였고 헛간을 두 개 정도 불태웠다. 야뇨증도 있었다.

하지만 나는 나와 '비슷하다'고 여겨지는 사람들과는 확실히 구분되고 싶었다. 차라리 변태라고 불리고 싶었다. 사이코패스는 대중문화에서 세련되고, 예민하고, 교양이 매우 높은 자들로 묘사되면서 이상화되었지만 다 틀렸다. 다 헛소리다. 그자들은 끔찍하게 충동적이고 조금만 좌절해도 감정을 조절하지 못한다. 그래서 경범죄로 감옥을 들락날락하는 것이다. 그들은 자신에 대해서 잘 모르고 절대 뭘 배우는 법이 없다. 사이코패스와 우리의 유일한 공통점은 공감 능력이 부족하다는 것이다.

내가 다른 사람들을 신경 쓰지 않는 것은 사실이다. 하지만 사람들을 다치게 하는 것이 나의 첫 번째 동기는 아니다. 내가 원하는 것은 쾌락이다. 나는 나의 재물들에게 항상 같은 말을 한다. 개인적인 원한은 없다고. 나 좋자고 하는 것이라고. 내 재물들은 마치 자신들에게 내 흥미를 끌 만한 뭔가가 있기나 한 것처럼 종종 '왜 나냐?'라고 묻곤 한다. 그건 너희가 거기 있었기 때문이야! 그런 소리를 들으면 기분이 좀 나아질까? 아니면 더 나빠질까? 아무튼 나는 아무것도 느끼지 못한다.

나에게는 나를 상징하는 시그니처 범죄 수법이 없다. 시그니처 범죄 수법이 있으면 체포될 확률이 높다. 나는 그런 지질한 연쇄살인범이 아니다. 이자들은 법을 엄마의 대용품으로 여긴다. 어린 시절 지독하게 벌을 주었던 엄마를 어떤 대가를 치르더라도 되찾고 싶기 때문이다. 이유는 엄마한테 엉덩이를 맞았을 때 생전 처음 발기를 경험했거든.

시그니처 수법은 없지만 변함없는 한 가지가 있다면 몸에 절대 흔적을 남기지 않고 피해자를 고문한다는 것이다. 법의학자들도 절대 못 찾아낸다. 이 고문을 하고 나면 날아갈 것처럼 기분이 좋아진다. 나의 방식은 나의 '동료들'의 것보다 덜 요란하고 훨씬 더 깔끔하다. 커뮤니티에서 하는 얘기를 들어보면 식인, 피의 제전, 시신 훼손 등 별의별 것이 다 나온다. 불안하기 때문이라고 나는 생각한다. 역겹다. 아마추어들이다. 나는 고통이 아니라 공포를 먹고 산다. 나는 레벨이 다르다. 내가 어떻게 일하는지 자세하게 알고 싶을 것이다. 걱정 마시라. 말할 기회가 있을 테니.

그런데 내가 어떻게 생겼는지 궁금하지 않은가? 내 목

소리가 어떨지 상상해 본 적이 있는가? 내가 선명하고 부드러운 목소리를 가졌을 것이라고 상상할 수도 있겠다. 내 목소리는 당신들이 상상하는 나의 이미지, 그러니까 세련되고 말끔하고 옷을 잘 입는 남자의 것과 부합할 것이다. 당신들에게 나는 고소공포증이 아니라 현기증이다. 다시 말해 높은 곳을 좋아해 높이높이 올라가지만 두려움 때문에 아래를 내려다보지 못하는 당신들이 나 때문에 아래를 내려다보게 되는 것이다.

내가 당신들이 생각하는 그대로의 인간이라면 너무 재미없다. 나는 당신들이 경계할 만한 인물과 매우 거리가 멀다. 나는 마음 좋고 신뢰할 수 있는 동료이고, 출근길에 만나면 반갑게 인사하는 이웃이며, 이사할 때 꼭 와서 도와주는 친구이자, 크리스마스가 다가올 때마다 산타클로스 할아버지가 되어 당신들의 아이들을 무릎에 앉혀놓고 사진을 찍는 학부모다. 어쩌면 내 아내는 눈치챘을 수도 있다. 하지만 아내는 남편에게 꽉 잡혀 아무것도 못 하는 부류의 여자다. 게다가 내가 매우 수치스러운 일을 시켰기 때문에 감히 고발은 꿈도 꾸지 못한다.

나는 지금 마르탱과 다프네를 지켜보고 있다. 두 사람

이 줄다리기하는 모습을 보는 재미가 아주 쏠쏠하다. 당신들도 마찬가지일 거라 생각한다. 당신들은 나를 비판할 자격이 없다. 당신들이 두 사람의 관계가 어떻게 발전할지 초초하게 지켜보고 있는 것이 느껴진다. 마르탱과 다프네가 섹스를 할까? 마르탱이 다프네를 죽일까?

도덕군자 같은 소리는 집어치우시길. 이 스토리가 해피엔딩으로 끝나지 않으리라는 사실쯤은 처음부터 알고 있지 않았는가. 중간에 그만두지도 못할 거면서.

당신들과 내가 궁합이 잘 맞을 것이라는 느낌이 든다. 추잡한 당신들이 자랑스럽다.

23

제랄드

"앙 가르드!"*

뒤발이 소리를 질렀다. 뒤발이 침대 협탁에서 13, 14센티미터 정도 되는 딜도를 발견하고 펜싱 칼처럼 휘두르며 장난을 쳤다.

"잠깐! 이거 봐. 내가 뭘 찾았는지 알아?"

이번에는 브르통이 뭔가 찾았나 보다. 바이브레이터였

* 기본 준비 자세를 뜻하는 펜싱 용어.

다. 전원 버튼을 누르자 소리를 내며 작동하기 시작했다. 심지어 속도 조절 버튼에 불이 들어왔다.

"즈즈즈, 즈즈즈. 아임 유어 파더, 루크."

우리는 배꼽을 잡고 웃었다. 완전히 발정 난 암캐가 아닌가!

"내가 말했지? 불만족 상태라고. 잠자리가 만족스러우면 이런 것들이 필요하겠어?"

내가 틀린 말을 한 것도 아닌데 브르통이 갑자기 짜증을 냈다. 그러자 뒤발이 내 쪽으로 와서 조심스럽게 귀띔을 해줬다.

"브르통 여자친구 상드린 알지? 브르통이 상드린 가방에서 섹스토이를 발견했거든."

나는 웃음을 터뜨렸다. 내가 웃어서 화가 났는지 브르통이 어처구니없는 소리를 했다.

"자네 마누라가 상드린에게 조언한 거야!"

갑자기 농담할 마음이 싹 가셨다.

"이제 그만하고 일에 집중하자고. 빨리 끝내야지."

서장과의 면담은 아주 불편했다. 오늘 아침, 아주 오랜만에 서에 갔다. 좋은 일로 온 것이 아니어서 그런지 분위기가 좀 묘했다. 서장실로 직행하지 못하고 먼저 대기실에서 기다려야 했다. 심지어 안내데스크에 있던 릴리안이 나한테 신분증을 요구하기도 했다. 내가 누구인지 모른다 이거야?

모두 나를 범인으로 생각하는 듯했다. 서장마저 그랬다. 지금까지 서장과 아주 잘 지내왔는데 나를 대하는 것이 영 냉랭했다. 디알로 사건 때 내가 커버해 주지 않았으면 아니, 내가 사실대로 말했으면 서장 자리는 꿈도 꾸지 못했을 텐데 말이다.

면담이 아니라 신문이었다. 서장은 사건 당일 내가 누구와 있었고 무슨 일을 했는지 물었다. 그때 나는 집에서 자고 있었다. 하지만 이혼한 후에는 혼자 살고 있어서 그 사실을 확인해 줄 사람이 없었다. 알리바이가 없다는 뜻이다.

나는 CCTV 영상을 보여줄 것을 요구했다. 영상 속 남자는 당연히 내가 아니다. 하지만 체격은 비슷했다. 범인의 얼굴은 보이지 않았지만 그 사실이 내 결백을 증명해 주는 것은 아니었다. 내게 완벽한 범행 동기가 있는 것도 사실이다. 나도 안다. 나도 경찰이다. 또 내가 아는 사람을 통해서 어렵지 않게 범행을 사주할 수도 있었을 테고.

　서장이 파리를 떠나지 말라고 했을 때 덜컥 겁이 났다. 나 스스로 결백을 증명해야 한다는 사실이 분명해졌다. 그래서 지금 클랭의 아파트를 뒤지는 중이다. 나는 뒤발과 브르통과 함께 출입금지 테이프를 조심스럽게 끊고 아파트 안으로 들어갔다. 끊어진 테이프를 대체할 새 테이프도 가져왔다.

　방부터 뒤지기 시작했다. 방은 그냥 재미 삼아 뒤진 거고 내가 눈여겨본 것은 거실에 있는 책상이다. 책상에 서류가 많이 쌓여 있었는데, 거기서 단서가 한두 가지 나올 것 같았다. 나만 클랭에게 악감정이 있으리라는 법 있나? 성가신 여자니 혼내주고 싶어 하는 사람이 니 혼자만은 아닐 것이다.

　서류 더미에서 제일 위에 있는 파일을 집어 들었다. 빨간 표지에 '온라인 커뮤니티'라고 손글씨로 적혀 있었다. 무슨 파일인지 전혀 짐작이 안 됐지만 서류를 열어 읽기 시작했다.

　이런 미친! 이게 뭐야…….

"뒤발! 브르통! 내가 뭘 찾았는지 알아? 상상도 못 할 거야!"

"자네도 우리가 뭘 찾았는지 모를 거야! 가짜 모피가 달린 수갑하고……."

"클랭이 인터폴하고 같이 일하고 있었어!"

"인터폴? 웃기지 마!"

방에서 뒤발과 브르통이 낄낄거리는 소리가 들렸다.

"그만해! 농담 아냐. 사이버보안 건으로 인터폴과 공조 수사를 하고 있었다고!"

드디어 두 사람이 거실로 나왔다. 놀란 표정이었다.

"제랄드 피숑, 농담이지? 설마, 카미유 클랭이?"

"이거 봐. 여기 적혀 있잖아! 클랭이 살인청부업자들 온라인 커뮤니티에 잠입해서 수사하고 있었어."

"아이고야! 그럼, 클랭은 컴퓨터 도사겠구만. 브르통, 클랭이 자네 컴퓨터 안 뒤져서 얼마나 다행이야. 자네는 검색 기록 절대 안 지우잖아. 자네가 어떤 사이트에 들어가는지 모르는 사람이 없을걸?"

그때 복도에서 발소리가 들렸다. 우리는 동시에 입을 다물었다. 5시 30분이다. 주민들이 일어나기 시작한 모양이다.

"그만 나가야 할 것 같아. 그거 다 줘봐. 아니, 수갑 말
고! 바보같이! 서류 말야."

우리는 아파트를 나왔다. 나와 뒤발이 망을 보는 동안
브르통이 출입금지 테이프를 다시 붙였다.

24

모나

사건 5일째

며칠 전부터 항우울제를 다시 복용하기 시작했다. 내가 의사라고 해도 살날이 얼마 남지 않았다는 사실은 공포스러운 것이었다.

파록세틴 때문인지 꿈자리가 사나웠다. 대부분 밑도 끝도 없는 이야기였지만 어젯밤에는 엘리즈가 나타났다. 우리는 처음 관계를 가졌을 때처럼 내 집에서 사랑을 나누었다.

　나는 엘리즈를 여러 해 동안 치료했다. 엘리즈는 기분 장애를 가지고 있었는데 그녀의 사연은 내 마음을 아프게 했다. 보호시설에서 태어나 양육가정을 전전하며 자랐다. 새 환경에 적응하려고 애를 썼지만 성격이 종잡을 수 없을 정도로 예측 불가여서 어떤 가정에서도 오래 머물지 못했다. 엘리즈가 처음 체포된 것은 스무 살 때였다. 지하철에서 무임 승차하다가 걸려 역무원과 실랑이를 벌였는데, 들켰다는 사실에 화가 났는지 쇼핑 봉투에 들어 있던 올리브유 병으로 역무원의 머리를 내리쳤다. 다행히 역무원은 생명에는 지장이 없었지만 머리를 심하게 다쳐 여러 달 병가를 내야 했다. 엘리즈는 판사로부터 치료 명령을 받았고 그렇게 해시 내 병원으로 오게 된 것이다.

　나는 그녀에게 완전히 매료되었다. 외모가 뛰어나고 머리가 비상한 사람이었다. 무엇보다도 어려운 환경을 극복하려는 의지가 강했다. 우리가 관계를 시작한 것은 처음 만나고 3년이 지나서였다. 마지막 진료가 있던 날 나는 그녀에게 그동안 치료에 진전이 있었고 앞으로는 관리만 잘하면 훨씬 좋아질 것이라고 말해주었다. 엘리즈가 치료가 끝난 것을 축하하자며 한잔하자고 제안했다. 이제는 더 이상 내 환자도 아니고, 당시 나는 엘리즈에게 깊이 빠져 있었기 때문에 직업 윤리에 벗어나기는 했지만 그녀의 제안을 받아들였다. 술을 마시는 동안 긴장감이 흘렀고, 우리 사이에 뭔가 통하는 느낌을 받았다. 엘리즈도 그랬는지 자리가 마무리될 무렵 나에게 키스를 했다.

나는 엘리즈를 데리고 집으로 갔다. 정신을 차릴 수가 없었다. 긴 머리, 작은 가슴, 털을 밀지 않은 겨드랑이, 젖어 있는 음부의 금속성 맛…… 이 모든 것이 나를 미치게 했다. 혀로 그녀의 성기를 애무했다. 손가락으로 바꿔 강도를 높이자 그녀는 절정에 도달했고 신음을 내뱉었다. 우리는 여러 날 황홀한 밤을 보냈다. 하지만 축복의 시간은 그리 길지 않았다. 엘리즈는 나에게 알리지도 않고 치료를 완전히 중단했다. 그녀 안에 잠시 숨어 있던 악마가 다시 수면으로 올라왔고 며칠 후 분노에 휩싸여 조깅하고 있던 여자를 살해하고 다시 구속되었다.

엘리즈를 치료했던 산부인과 의사와 내가 엘리즈에게 우호적인 증언을 했지만 징역형을 막지는 못했다(나중에 알았지만 엘리즈는 그 여자 의사와도 관계를 가졌다). 그녀는 감옥에 있었지만 우리의 사랑은 더 강해졌다. 우리는 열정

적으로 연애편지를 썼고(나는 가명을 썼다) 판사가 치료 명
령을 내리던 날은 만나서 사랑을 나누었다. 엘리즈의 변
호사와 나는 5년 후 가석방을 얻어냈다. 가석방이기는 하
지만 우리의 승리였다. 나는 엘리즈가 더 이상 위험한 인
물이 아니라고 직접 증언을 했다.

물론 엘리즈가 나를 기만한 것이었다. 내가 그 징후를
알아채지 못했을리는 없다. 단지 모른 척하기를 선택했
을 뿐이다. 그녀를 구원할 수 있다고, 그녀가 정말 나를
사랑한다고 그렇게 믿고 싶었다. 어쨌든 엘리즈는 석방
된 지 이틀 만에 사라져 버렸다. 나는 그녀가 감옥에서 나
와 감정이 다시 불안정해졌을 뿐이고 곧 돌아올 것이라
믿었다. 그래서 신고하지 않았다. 엘리즈가 사리진 지 닷
새 만에 레아와 마테오 랑주뱅 남매가 피범벅 시체로 발
견되었다.

모두 내 잘못이었다. 하지만 아직 최후의 일격이 남아
있었다. 피해자 가족이 나를 고소했다. 덕분에 나와 엘리
즈의 관계가 만천하에 드러났다. 랑주뱅 가족에게 그 정
보를 준 사람이 엘리즈라는 사실을 알았을 때 나는 그리
놀라지 않았다. 하지만 나를 완전히 무너뜨린 것은 엘리
즈가 감형이나 수감 조건 개선 같은 것을 대가로 정보를

제공하지 않았다는 점이다. 그녀는 아무것도 요구하지 않았다. 오로지 나를 파괴하기 위해 경찰에 내 애기를 한 것이다.

흉통, 뇌종양…… 나는 벌을 받을 만했다. 죽음을 마주하는 것은 두려웠지만 당당하게 받아들이려고 노력하고 있다. 내 운명을 받아들이지 않고는 진정한 용서를 구할 수 없기 때문이다. 같은 이유로 치료를 거부하기로 결심했다. 생존할 기회가 있다고 해도 그 기회는 나한테 주어져서는 안 된다.

그 기회는 어쩌면 다프네의 것일지도 모르겠다. 자신은 느끼지 못한 듯하지만 치료에 진전이 있었다. 다프네는 자신에게 열정이 없다는 애기를 자주 했는데 최근에 새로운 열정을 발견한 듯 보였다. 그녀가 몰래 서재로 들어가는 모습을 봤다. 한번 들어가면 몇 시간 동안 꼼짝하지 않고 나의 의학서적을 읽고 있다고 마르탱이 알려주었다.

그리고 더 밝아졌다. 마르탱의 존재가 다프네에게 긍정적으로 작용했을 것이다. 그녀가 마르탱에게 로맨틱한 감정을 느껴서가 아니라 그가 자신과 비슷한 사람임을 느꼈기 때문이다. 정확한 진단을 내리려면 충분한 검사가 필요하겠지만 마르탱과 다프네에게 신경질환이 없는 것은 확실하다. 두 사람 모두 서로를 만나기 전까지 세상에 혼자라고 믿고 살아왔다.

어제저녁에는 서재에 있는데 거실에서 두 사람이 웃는 소리가 들려왔다. 무슨 영화를 보고 있었는데 포르노 영화 같았다. 내용은 정확히 모르겠지만 나치가 나오는 이야기였다. 다프네도 마르탱에게 긍정적인 영향을 끼쳤다. 그는 여전히 상담을 거부하고 있지만 자신의 남성성에 심각한 의문을 품은 것만은 분명해 보였다. 이런 케이스는 수없이 봤다. 확신컨대 마르탱은 여성과 동성애자들을 혐오하는 폭력적인 아버지와, 그런 남편에 맞설 힘도 용기도 없는 순종적인 어머니 밑에서 자랐을 것이다.

내일 다프네에게 최면요법을 실시할 예정이다. 최면요법을 선택한 이유는 의식 상태를 변화시키기 위해서가 아니라 다프네가 마음을 열고 가장 힘든 기억을 떠올릴 수 있도록 긴장을 풀어주기 위해서다. 최면요법은 의학이 아니라 심리학 분야에 속하긴 하지만 예전에 몇몇 환자들에게서 효과를 본 경험이 있어 시도할 만했다.

무슨 냄새가 났다. 이상한 맛도 느껴졌다. 말로 설명할 수 없는 공포가 갑자기 사고를 방해했다. 하지만 무슨 일이 벌어졌는지 금방 깨달았다. 종양 때문이다. 뇌전증 전조 증상으로 곧 발작이 시작될 것이다. 쿠션 몇 개를 바닥에 깔고 그 위로 누웠다.

의식이 점점 희미해지더니 경련이 시작됐다. 몇 분쯤 흘렀을까, 모든 것이 멈췄다. 서서히 의식이 돌아왔다. 목이 말랐다. 나는 네발로 기어 책상으로 가서 책상을 붙잡고 일어나 가까스로 물병을 잡았다. 그 바람에 책상에 놓여 있던 루미의 시집이 바닥으로 떨어졌다. 펼쳐진 책에서 문구 하나가 눈에 들어왔다.

"죽음은 새장을 부술 수 있지만 새는 죽이지 못한다."

새는 바로 날아갈 것이다.

마르탱

사건 6일째

다프네가 내 옆에서 자고 있다.
그러지 말아야 했는데.
바보 같은 짓이었다.

모나 선생님은 지난밤 여기서 자지 않았다. 아침 6시쯤 화장실에 가려고 아래층으로 내려왔을 때 집 안으로 들어오는 선생님과 마주쳤다. 사무실에 있다가 왔다고 했다. 나는 그 말이 사실이 아니길 바랐다. 선생님이 밤새 재밌게 놀다가 들어왔기를 바랐다. 하지만 얼굴을 보니 밤새 놀았다고 해도 재밌게 놀지는 못한 듯했다.

그 뒤로 선생님과 몇 번 마주쳤지만 대화는 나누지 않았다. 저녁 6시가 다 됐다. 모나 선생님과 차를 마시며 다프네를 기다렸다. 상담 시간에 함께 있어 달라고 다프네가 특별히 부탁해서였다. 오늘은 최면요법을 시도할 예정이라 걱정이 많다고 했다. 나라도 불안했을 것이다. 모나 선생님은 다프네가 말하고 싶어 하지 않는 이야기를 쏟아 내게 하고 싶은 것 같았다.

최면이 시작되자마자 다프네가 왜 불안해했는지 알 수 있었다. 어렸을 때 학교에서 남학생들에게 몹쓸 짓을 많이 당했다. 다프네가 울면서 자신이 겪은 일을 얘기하는데 듣기 힘들 정도로 가슴이 아팠다. 아이는 너무 외로웠고 남학생들은 그런 아이를 가지고 놀았다. 아이는 자신이 가진 유일한 소유물이라고 생각하는 것을 주었다. 물론 아이가 늘 동의했던 것은 아니지만 남학생들은 상관하지 않았다. 분노가 치솟았다. 다프네가 당한 고통을 상상하니 무척 괴로웠다. 그러면서도 만약 내가 외향적이고 인기가 많은 학생이었다면, 어쩌면 나도 그 개새끼들처럼 행동했을지도 모른다는 생각이 들었다.

선생님이 오늘은 여기서 끝내자며 다프네를 최면에서 깨웠다. 나도 끝내는 것이 낫다고 생각했다. 다프네가 이토록 괴로워하는 모습은 처음 봤다. 그녀의 두 눈은 절벽에 매달려 더 이상 버틸 힘이 없어 곧 떨어질 것 같은 사람의 것이었다.

서재에서 나오다가 달력을 봤다. 모니 선생님이 X사 표시를 해서 날짜를 지워가고 있었다. 세상에! 지하철 사고가 나고 벌써 5일이 지났다. 시간이 너무 빨리 간다. 행복한 시간을 보내고 있어서일까? 나는 아무것도 하고 싶지 않았다. 아니 하기 싫은 일만 하고 싶었다. 그러면 얼마 남지 않은 시간이 아주 느리게 갈 테니까.

선생님은 쉬고 싶다며 우리더러 산책을 가면 어떻겠느냐고 제안했다. 좋은 생각이었다. 너무 오랫동안 집 안에만 틀어박혀 있어서 밖으로 나가면 기분 전환이 될 것 같았다. 므동에는 공원이 많았다. 다프네와 나는 강아지들이 뛰어노는 공원 앞을 지나가다 그 안으로 들어가기로 했다. 우리는 강아지들과 놀아주었다. 모두 순하고 장난치길 좋아했다. 강아지들과 노는 동안 다프네가 많이 웃었다. 그러다가 한 마리씩 집으로 돌아가고 우리 둘만 남았다. 다프네는 다시 침울해졌다. 진심으로 그녀를 돕고 싶지만 방법을 몰랐다. 요술이라도 부릴 수 있다면 얼마나 좋을까. 묘약을 만들어 다프네를 낫게 해줄 수 있을 텐데.

맞다, 바로 그거다! 실로시빈……. 실로시빈이 우울증에 효과가 좋다는 글을 인터넷에서 읽은 적이 있다. 나는 알고 지내는 딜러 악셀에게 연락했다. 악셀은 한 시간도 안 되어 환각버섯을 가지고 므동에 나타났다. 다프네는 약간 회의적이었다. 한 번도 먹어본 적이 없어서 많이 걱정되는 모양이었다. 내가 인터넷 기사를 보여주자 약간 놀라기는 했지만 한번 시도해 보기로 했다.

집으로 돌아오자마자 부엌으로 가서 저울과 마실 것을 챙겨 내 방에 있는 다프네에게로 갔다. 나도 1그램을 복용할 예정이다. 다프네의 여행에 동행하며 그녀를 돌볼 것이다. 다프네에게는 2그램을 줄 것이다. 중간 강도의 여행을 위해서 필요한 양이다. 처음에는 괜찮았다. 다프네도 편해 보였다. 하지만 한 시간 정도 지나자 다프네가 흥분하기 시작했다.

몸이 이상하다고 했다. 정신을 차릴 수 없고 몸이 제어가 안 된다고 했다. 다프네는 겁을 먹는 것 같더니 곧 패닉 상태가 되었다. 심장이 너무 빨리 뛴다고, 숨을 쉴 수 없다고 소리를 질렀다. 마치 목숨이 위태로운 사람처럼 살려달라고 발버둥을 쳤다. 숨이 안 쉬어진다며 티셔츠를 벗어 던지고 브래지어를 풀어 헤치고 목과 가슴을 쥐어뜯었다. 내가 얼른 다프네를 뒤에서 붙잡아 바닥에 앉혔다. 그녀의 등이 내 상체에 닿았다. 한 팔로 그녀를 안았다. 내가 자기 가슴을 만진다고 생각할까 봐 팔을 명치 위로, 거의 쇄골쯤에서 둘렀다. 다프네를 진정시키기 위해 최선을 다해 귀에 대고 조용히 속삭였다. 하지만 다프네는 호흡이 가빠지더니 갑자기 손가락이 뻣뻣하게 굳고 뒤틀렸다. 다프네가 환각 상태에서 자신을 죽여달라고 울부짖었다.

모나 선생님이 문을 벌컥 열고 들어왔다. 비명 때문에 잠에서 깬 모양이다. 나는 환각버섯이 담긴 통을 선생님을 향해 던졌다. 선생님은 무슨 상황인지 금방 이해했다. 나는 설명하려 했지만 말이 제대로 나오지 않았다.

"우울증…… 실로시빈…… 시, 신문 기사에서 읽었는 데요…… 도와주려고……."

"의사 관리하에 극소량을 복용해야 하는 거죠! 바보같 이. 비켜요! 아래 서재에 가면 오른편에 있는 캐비닛에 가 방이 있어요. 그거 가지고 오세요. 서둘러요!"

다프네가 가지 말라고 애원했다. 나는 빨리 오겠다고 말하고 방을 나갔다. 다시 돌아왔을 때 모나 선생님이 진 찰을 시작했다.

"얼마나 줬어요?"

"2그램이요."

선생님은 다시 다프네에게 몸을 돌렸다.

"다프네, 잘 들어요. 환각제 때문에 패닉이 온 거예요. 과호흡 때문에 손가락이 굳은 거고요. 지금은 팀워크가 필요해요. 마르탱! 하나부터 셋까지 수를 세도록 해요. 마 르탱이 셋을 셀 동안 다프네는 숨을 들이마시는 거예요. 좋아요. 마르탱, 이제는 여섯까지 세봐요. 다프네는 숨을 내쉬고요. 자, 다시 합시다. 좋아요. 아주 잘했어요. 마르 탱, 이쪽으로 와서 계속하세요."

나는 주저하지 않고 바통을 이어받았다. 수를 세고 다프네와 함께 호흡했다. 아래층으로 내려간 모나 선생님이 약봉지를 들고 올라왔다. 약봉지에는 사이아메마진이라고 적혀 있었다. 환각이 멈추지 않는 듯했지만 다프네는 아까보다 진정된 것 같았다. 이윽고 순순히 알약을 삼켰다. 손가락이 조금씩 풀리기 시작했다.

"항정신성 약과 항불안제예요. 곧 안정될 거예요. 자해도 멈출 거고요. 강력한 진정 효과가 있는 약물이에요. 보통 사람 같으면 약물 없이도 안정되지만 지금 다프네의 상태로는 조심해야 할 것 같아요. 마르탱, 다프네를 침대에 눕혀요. 그리고 계속 말을 거는 게 좋겠어요. 안정되도록 말이에요."

나는 시키는 대로 했다. 마침내 다프네가 잠이 들었다. 모나 선생님이 나보고 옆 방으로 오라고 손짓했다.

"이 천재 같은 아이디어가 마르탱 머리에서 나온 거예요?"

"네."

말이 끝나자마자 모나 선생님이 내 뺨을 거세게 올려붙였다. 몸이 휘청했다.

"자신이 바보 천치라는 사실을 잊지 말라고 때린 거예

요. 의도는 좋았지만 정말 멍청한 짓이었어요. 다시는 내 환자에게 선무당 노릇은 하지 말아줘요. 알겠죠?"

"네, 명심할게요."

"오늘 밤 자지 말고 다프네 곁을 지키도록 해요. 호흡이 불안정한 것 같으면 바로 나를 부르고요."

"알겠습니다."

"그리고 시간마다 두 번씩 맥박을 재고 맥박 수를 적어놔요."

"알겠습니다."

선생님이 방을 나가는 것을 보고 다프네 곁으로 돌아갔다. 청바지는 그대로 내버려두고 깨우지 않게 조심하며 티셔츠를 다시 입혔다. 아침에 일어나서 자신에게 약을 억지로 먹인 한심한 남자의 침대에서 나체로 깨어났다고 생각하게 하고 싶지는 않았다.

다음 날 아침, 모나 선생님에게 다프네의 맥박 수를 꼼꼼하게 적은 수첩을 건넸다. 다프네는 아직 자고 있었다.

"말씀하신 그대로 했어요. 한 번도 안 빼놓고 다 기록했습니다."

모나 선생님은 수첩을 보지도 않고 휴지통에 버렸다.

어안이 벙벙해서 나는 눈을 동그랗게 떴다.

"수고했어요. 수첩은 필요 없어요. 마르탱에게 벌을 주려고 시킨 거예요. 다프네는 일단 한숨 돌렸어요. 그런데 마르탱 얼굴이 말이 아니네요. 가서 잠 좀 자요."

그래, 이 정도면 나도 한숨 푹 잘 자격이 있지. 나는 이불 속으로 들어갔다.

다프네가 내 옆에서 자고 있다.

그러지 말아야 했는데.

바보 같은 짓이었다.

제랄드

여섯 시쯤 집에 도착했다. 갑자기 마누라가 생각났다. 가슴이 먹먹해졌다. 뒤발과 브르통을 데리고 왔는데 커피를 끓여줄 사람이 없어 내 손으로 끓이고 있다니. 커피 내리는 소리에 묻혀 뒤발과 브르통이 내가 훌쩍거리는 소리를 듣지 못했으니 망정이지, 정말 쪽팔릴 뻔했다.

한 시간째 클랭의 아파트에서 가져온 서류들을 보고 있다. 클랭이 한 온라인 커뮤니티를 추적하고 있었던 듯한데 그 커뮤니티라는 것이 완전히 또라이들만 모아놓은 곳이다. 클랭이 작성한 회원 명단을 보자면 식인, 유아 살해, 악마주의, 독살, 성폭행, 변태 의사 등등 면면이 화려하다. 20년 동안 경찰 노릇을 했지만 이런 미친놈들은 처음이다. 이런 변태 소굴이 존재하리라고는 상상하지 못했다.

클랭의 임무는 이자들을 찾아내는 것이었고 이미 회원으로 위장해서 커뮤니티에 잠입한 상태였다. 아이디는 @피흘리는간호사, 직업은 간호사, 전문 분야는 유아와 노인 살해.

"완전히 미쳤군!" 뒤발이 한마디 했다. "그런데 이름이 하나같이 왜 이 모양이야? 창의성이라고는 눈을 씻고 찾아봐도 없구만!"

나는 읽고 있던 서류에서 고개를 들고 대답했다. "기업 문화라는 것이 있잖아. 존중해 줘야지."

내 말에 브르통이 웃었다.

분홍색 파일을 집어 들었다. 고객 서류처럼 보였다. 제거하고 싶은 사람이 있으면 이 커뮤니티에 신청서를 보내 작업 의뢰를 하는 모양이었다. 가장 눈에 거슬리는 자들이 관음주의자들이었다. 사람이 고통받는 것을 보려고 엄청난 돈을 지불하는 인간들.

“이런! 이것 봐. 장난 아냐! 크리스마스 이벤트로 스너프 무비를 만들어준대! 여기, 이 홍보 문구 좀 봐. ‘100유로를 추가하면 원하시는 이름을 부르며 죽게 할 수 있습니다!’, ‘완벽한 크리스마스 선물이 될 것입니다’. 이것들 다 정신병원에 처넣어야 해!”

“여기도 비슷한 것이 있어. ‘당신이 주인공이 되는 스너프 무비’? 온라인으로 생중계해서 사람들이 집에서 투표로 죽을 사람을 정할 수 있나 봐.”

“찾았어!” 브르통이 소리를 질렀다.

“용의자를 찾은 것 같아! 마르탱이라는 남자야. 클랭이 이 남자 컴퓨터를 해킹하고 있었나 봐. 이메일을 복사해 놓은 것이 있던데…… 여기! 클랭이 죽던 날 아침, 이 남자와 다프네라는 여자가 만나기로 되어 있었어. 세상에! 마르탱이 다프네가 자살하는 걸 도와주기로 합의했고…… 여자 사진도 있어. 그래서 클랭이 지하철역으로 간 거야. 자살을 막으려고!”

“혼자 갔다고? 미친 거 아냐!”

“마르탱이라는 남자를 감시한 지 꽤 오래됐나 봐. 클랭이 상황을 과소평가했을까? 아니면 설마 청부살인 조직을 와해시킨 공을 독차지하려고 한 걸까?”

나는 브르통이 보고 있는 서류를 잡아챘다.

"이 서류가 내 무죄를 증명할 수 있을 거야! 카스탱 서장에게 말해야겠어."

"안 돼! 그러면 우리가 클랭의 집에 들어왔었다는 걸 알게 될 거 아냐. 문제가 될 거야. 여긴 출입 금지니까."

"내가 하지도 않은 일 때문에 감옥에 갈 수는 없어. 나한테 맡겨. 그 마르탱이라는 자식을 찾으면 돼. 그리고 여자도. 이름이 뭐랬지? 그래, 다프네! 아직 살아 있다면 말이지. 둘을 찾아서 자백을 받아낼 거야. 자네들이 도와줘야겠어."

"위험하지 않을까?"

"내가 자네들 일 눈감아 준 거 알지?"

"알았어, 알았다고. 그렇게까지 말할 필요는 없잖아. 우리가 뭘 하면 되지?"

"CCTV 자료 한 부 복사해 줘. 긴 버전으로. 그날 다프네라는 여자가 승강장에 있었는지, 사고 후에 어디로 갔는지 봐야겠어."

갑자기 흥분이 되었다. 내 명예를 회복할 수 있을 뿐 아니라 클랭의 수사 자료를 가지고 내가 범죄조직을 일망타진할 절호의 기회이기도 했다. 나쁜 놈들아, 기다려

라! 제랄드 피숑이 나가신다. 내 안의 경찰 본능이 다시
꿈틀거렸다.

　어디서 나팔 소리가 붕 하고 났다. 뒤이어 "미안" 소리
가 들렸다. 나는 무슨 일인가 고개를 들었다.
　뒤발이 방귀를 뀐 것이다.

@동전던지기

사건 8일째

"당나귀 트로트로에게는 비밀이 있어요······ 아무도 모르는 비밀이에요. 개미들만 알아요. 고양이 슈슈만 알아요······ 햇님도 알아요. 당나귀 트로트로의 비밀은 절대 말해줄 수 없어요······."

이야기가 마무리되자 책을 덮고 불을 껐다.

"자, 이제 자야지. 뤼카, 안 돼! 남자는 우는 거 아냐. 엄마는 거실에 있잖아. 이제 그만. 아빠는 가야 해.”

아빠에게도 비밀이 있으니까.

놀랍나? 나에게 가족이 있다는 것이? 아내가 있다는 사실은 이미 알고 있을 테고. 그렇다. 아들도 있다. 아이를 갖고 싶은 마음은 특별히 없었는데 아내가 고집을 부렸다. 아내를 꼼짝 못 하게 만드는 좋은 방법인 것 같기도 해서 아내를 임신시키기로 결정했다.

당신들이 무슨 생각을 하고 있는지 안다. 아들은 나와 다르다. 재질이 전혀 다르다는 뜻이다. 확언컨대 당신들이 뉴스에서 아들의 소식을 듣게 될 일은 결코 없을 것이다. 나는 아들을 키우는 데 거의 관여하지 않는다. 특히 아들 재우는 일을 혐오한다.

하지만 오늘은 아내가 지인들을 저녁 식사에 초대했기 때문에 사람들 앞에서 좋은 아빠 역할을 해보고 싶었다. 나는 다이닝룸으로 돌아와 웃으면서 사람들을 향해 선언했다.

“왔노라, 보았노라, 이겼노라! 당나귀 트로트로 덕분에 드디어 아들을 재웠습니다!”

사람들이 웃었다. 모두 감동받은 얼굴이었다.

“허락하신다면 이 몸은 그만 퇴장하겠습니다.”

"오늘 밤 그이가 당직의예요." 아내가 약간 거만하게 덧붙였다.

아내의 말투가 바로 내 신경을 긁었다. 감히 내가 이룬 성공을 자기 것인 양 으스대다니! 자부심을 가져야 할 사람은 나야, 나! 내 머리로, 내 땀으로, 내가 유명한 의사가 된 거잖아. 얼마나 귀가 닳게 얘기했던가, 잘난 척하지 말고 나를 숭배하라고. 못된 년!

나는 아내의 이마에 키스했다. 사람들 앞에서 화를 낼 수는 없지 않은가. 하지만 아내의 몸이 굳어지는 것을 느끼고 기분이 좀 좋아졌다. 내가 보낸 신호를 이해한 모양이다. 어쨌든 일을 끝내고 집에 돌아오면 어떤 식으로든 값을 치르게 할 것이다. 너무 놀라지 마시라. 꼭 고통이 동반되는 대가를 말하는 것은 아니니까.

당신들은 내가 얼마나 독창적인 사람인지 모를 것이다.

예컨대 한번은 아내가 친한 친구에게 보낸 문자를 우연히 본 적이 있다. 잠자리 관련해서 내 흉을 보는 문자였다. 나는 모욕은 참지 못한다. 그래서 며칠 뒤 자위하다가 잠자는 아내의 얼굴에 대고 사정했다. 아내가 놀라 잠에서 깼다. 코와 입을 겨냥해서 발사한 터라 코와 입에 정액 방울이 맺혀 숨을 잘 쉬지 못했다. 다음 날 아침 아내는 말조차 꺼내지 못했다. 말을 꺼냈더라도 나는 부정했을 것이다. 그래서 내 복수가 더 흥미진진해지는 것이다. 아내에게는 전부 상상이라고 믿게 하고 나는 옆에서 정신에 문제가 있는 거 아니냐고 걱정하면 되니까.

이번에는 당장 벌하지는 않을 것이다. 오늘 밤 할 일이 있어 처벌을 고민할 여유가 없기 때문이다. 아내가 말한 병원 당직이 아니라 파리에서 50킬로미터 떨어진 작은 마을 모리니 샹피니에 볼일이 있다.

오늘 밤 작업이 있다. 또 유산 문제다. 지겨울 정도다. 얼마나 많은 사람이 돈 때문에 가족을 죽이려 하는지 알면 깜짝 놀랄 것이다. 물론 이 일로 내가 꽤 큰 돈을 받을 예정이지만 작업을 수락한 가장 큰 이유는 즐겁기 때문이다. 쾌락이 첫 번째 동기다. 그래서 더 비도덕적이라는 것도 잘 안다.

오늘 밤에는 특별히 신참이 동행하기로 했다. 사실 신참은 나의 VIP 고객이기도 하다. 특별히 높이 평가하는 사람은 아니지만 나와 비슷한 비전을 가지고 있다. 그는 작업을 의뢰할 때 내가 가진 기술을 자유롭게 펼칠 수 있도록 대략의 지침만 주었다. 내가 변화를 주거나 새로운 것을 추가해도 화내지 않았다. 실제로 별것도 아닌 일 가지고 트집 잡는 의뢰인들이 많다. 여자가 금발이 아니라느니, 아기가 크게 울지 않았다느니 하는 시답잖은 이유로 환불을 요구하는 자들이 있다는 뜻이다.

나는 단순히 고객이 의뢰한 일을 대행하는 사람이 아니다. 나는 환상의 세계를 창조하고 그 세계를 현실에서 실현한다. 사드 후작이나 파솔리니는 고통을 연출하지만 나는 고통을 승화한다. 당신들에게는 내가 판도라 상자에 들어 있는 모든 악처럼 느껴지겠지만 내가 겨냥하는 것은 희망이다. 인간을 강하게 압박하면 종기에서 고름이 터지듯 사랑이 흘러나온다. 무슨 말인지 곧 이해하게 될 것이다.

오늘 밤 목적지는 한 시간 반 정도 운전해서 가야 하는 곳이다. 가는 중간에 인턴을 픽업할 예정이다. 오늘 작업의 목적은 인턴 교육이다. 사실 그가 교육을 부탁했다. 나의 노하우를 누군가에게 전수하게 되리라고는 상상하지 못했지만 우쭐해진다는 점은 고백하지 않을 수 없다. 그는 오랫동안 내 작업을 지켜만 보다가 드디어 오늘 동참하기로 했다. 그가 저 멀리서 나에게 손짓했다. 도로변에 차를 세우고 버튼을 눌러 차 문을 열었다. 그가 차에 탔다.

"선생님, 만나 뵙게 되어 정말 반갑습니다!"

"저도 마찬가집니다. 잘 지내셨습니까, 카스탱 서장님?"

제발 그런 표정 짓지 말아달라. 놀랄 일이 아니다. 나는 외과 의사고 그는 경찰이다. 의사와 경찰은 변태들이 가장 많은 직업군에 속한다.

"이번 주는 그리 나쁘지 않았습니다. 일이 좀 있기는 했지만. 저희 서에서 일하는 형사가 죽었어요."

"그러신가요?"

"카미유 클랭이라는 여자 형사인데 어이없게도 누군가 전철에서 밀어버렸어요."

나는 미소를 지었다.

"알고 계셨습니까?"

"그 형사가 우리 커뮤니티에 위장 잠입했습니다. 일을 아주 잘하더군요. 사고가 난 날 아침에야 신분을 알아냈답니다. 온라인 아이디가 @피흘리는간호사였어요. 물론 우리 쪽에서 영원히 침묵시킬 계획이었지만 예상치 못한 일이 벌어지고 말았죠."

서장이 어리둥절해하는 것 같았다.

"아, 어리석은 인간이여! 신입 @오시야상의 첫 작업이었어요. 카미유 클랭도 그걸 알았겠죠. 내 생각에는 클랭이 살인을 막으려고 지하철로 간 것 같습니다. 그런데 무슨 일이 벌어진 줄 아세요? 그 멍청이가 사람을 착각한 거예요. 카미유 클랭이 의뢰인과 약간 비슷하게 생겼는데, 의뢰인 대신 그 여자를 밀어버렸지 뭡니까. 서장님, 서장님도 조심하셔야 할 겁니다. 클랭이 서장님의 서로 발령난 것은 우연이 아니에요. 우리 커뮤니티에 이상 활동이 감지되었거든요."

서장의 얼굴에 두려움이 서렸다.

"걱정할 필요 없습니다. 우리가 손봐놓았어요. 사람들을 보내 클랭의 아파트를 털었죠. 출입 금시 테이프는 안 건드렸어요. 그리고 컴퓨터는 들여다본 다음에 파괴시켰고요. 클랭이 상부에 아직 보고를 안 한 것은 확실합니다. 현장에 손으로 적은 자료는 아무것도 없었어요. 요새 젊은 세대는 연필과 종이가 뭔지 모르나 봅니다. 서장님, 서장님이 수사를 지휘하셔야 합니다. 서장님을 믿어도 되겠죠?"

"그럼요. 현재 제랄드 피숑 형사가 강력한 혐의를 받고 있어요. 몇 달 전에 클랭을 성추행해서 징계를 받았거든요. 완벽한 용의자지요. 아둔한 놈이에요. 전혀 위험하지 않습니다.”

“좋습니다. 일이 착착 진행되어 가는군요. 그럼, 길을 떠나볼까요?”

“잠깐만요! 그러면…… 그 의뢰인 말이에요. @오시야상의 의뢰인은 어떻게 됐습니까?”

“아직 작업이 완료됐다는 증빙자료를 받지 못했어요. 두 사람이 함께 있는 것은 확인했습니다. @오시야상이 살인을 할 수 있는 인물인지는 회의적입니다만 끝까지 기다려볼 생각입니다. 커뮤니티 설립자들이 도박을 해보기로 결정한 것이죠. 사흘 남았습니다. 우리의 규칙 아시죠?”

“네. 열흘 안에 반드시 계약을 이행해야 하고, 그러지 못하면…….”

“그러지 못하면 우리가 또 저녁나절을 함께 보내야겠죠. 마스크 가져오셨죠? 도구도요? 좋습니다. 가시죠!”

28

모나

사건 8일째

"어제 나는 영리했고 세상을 바꾸려 했다. 오늘 나는 현명하고 나 자신을 바꾸려 한다."

책에서 눈을 뗐다. 책을 덮고 곁눈으로 마르탱을 살폈다. 그는 벌써 10분째 똑같은 행동을 반복하고 있다. 놀라울 정도로 한결같았다. 자리에서 일어나 내가 앉아 있

는 소파 쪽으로 와서 할 말이 있는 듯 입술을 달싹이다가
그만두고 다시 돌아갔다. 그러고는 다시 반복했다. 나는
애써 마르탱을 무시했지만 계속해서 내 앞에서 왔다 갔
다 하는 통에 신경이 쓰였다. 마르탱이 또 내 쪽으로 오
고 있었다. 이번에는 발을 빼지 못하도록 빤히 쳐다보기
로 했다.

"선생님!"

걸렸다!

"네!"

"뭐 하나 물어봐도 될까요?"

환각버섯 사건 이후로 마르탱은 완전히 다른 사람이 되
었다. 자신의 행동을 뉘우치긴 했지만 자신의 행동에 책
임을 져야 한다는 사실이 그를 괴롭혔다. 책임을 회피할
수 없었다. 책임지는 것 말고 다른 선택은 불가능했다. 어
쩌면 무엇보다도 먼저 든 생각이 다프네를 돌봐야 한다는
것이라는 사실에 스스로 놀랐을 수도 있다.

"뭐죠?"

"제 문제가 뭔가요?"

"문제들이겠죠."

그는 내 말을 바로 이해하지 못했지만 이해한 후에는

방어적인 태도를 취했다.

"문제가 그렇게 많지는 않은 것 같은데요."

"잘됐군요."

"어쨌든 이제 시간이 없어요. 이틀밖에 안 남았어요."

"그런가요? 일을 끝내지 못하면 미친 킬러가 와서 당신과 다프네를 황천으로 보낸다는 거죠?"

"내 말을 못 믿으시겠다는 건가요?"

"곧이곧대로 믿기에는 너무 황당하니까요. 다프네는 어때요?"

"좋지 않아요. 잠잘 때 말고는 내내 울기만 해요."

"오히려 좋은 신호일 수 있어요."

"좋은 신호라고요? 제 말을 들으시긴 한 거예요? 여기 왔을 때보다 더 안 좋아졌다고요!"

"상승곡선처럼 우상향만 하면서 회복된다고 착각하는 모양인데 그렇지 않아요. 다프네가 도와달라고 했어요. 회복으로 가는 길은 울퉁불퉁하고 오르막도 있고 내리막도 있어요. 하지만 일단 그 길로 들어서면 되돌아갈 수가 없어요. 어떤 과정을 거치는지는 중요하지 않아요. 정신을 치료하는 길로 들어서면 전진밖에 없어요."

"다프네는 지금 울고만 있잖아요."

"방어기제가 무너지고 있어서 그래요. 자신이 받았던 고통이 정당하지도 정상적이지도 않다는 사실을 인식하기 시작했어요. 곧 분노하게 될 거예요. 지극히 건강한 반응이에요. 분노를 밖으로 표출하면 자살 시도 같은 형태로 분노가 자신을 향하게 하는 것을 막을 수 있어요. 마르탱이 곤란해질 것 같네요. 이제 다프네는 죽고 싶지 않을 거예요."

"다프네는 그렇게 말하지 않았어요."

"다프네를 죽이려면 그녀의 동의 없이 죽여야 할 거예요."

마르탱의 얼굴이 새파랗게 질렸다.

"저는 절대……."

"나도 알아요. 마르탱이 좋은 사람이라고 생각하지 않았다면 의식도 없는 다프네를 밤새 당신 곁에 두지 않았을 거예요."

"다프네에게 나쁜 짓을 할 생각은 꿈에도 한 적 없어요. 나는 커뮤니티 놈들하고는 달라요!"

"드디어 다르다는 것이 장점이라는 것을 이해했군요."

부끄러웠는지 마르탱은 아무 말 없이 내 눈을 피했다.

"마르탱, 남자에게 끌리나요?"

예상대로 그는 격렬하게 부정했다.

"절대 아니에요! 나는 절대 변태가……."

"당신이 선택해야 할 단어는 게이예요. 반응을 보니 내가 짐작한 것이 맞는 것 같아요. 자신의 문제가 뭐냐고 물어봤죠? 마르탱의 문제는 사회와 아버지가 주입한 남성상과 여성상, 이런 규범들과 연관이 있을 거라는 확신이 드네요. 마르탱은 육체적 힘, 권력, 인내, 무모함, 여성 혐오, 이성애가 남성성의 전유물이라고 배우며 자랐어요. 사회가 이런 것들 없이 '진짜 남자'가 될 수 없다고, '동성애자', '루저'가 된다고 믿게 만들었어요. 마르탱이 폭력에 시달리고 포르노를 통해 성을 처음 알게 되었다는 것에 내 전 재산을 걸겠어요. 그리고 마르탱에게 유일한 여성 모델은 엄마죠. 남편에게는 지극히 순종적이지만 폭군 아버지로부터 이들을 보호하기 위해서라면 무엇이든 할 수 있는 엄마죠. 나는 마르탱을 잘 모르지만 심성이 착하고 동정심이 많고 폭력성은 눈곱만큼도 없는 사람이라는 것은 알겠어요."

그는 혼란스러워했다.

"마르탱, 지금까지 들어온 구태의연한 소리는 잊어요. 남성성에 대한 신화는 여자뿐만 아니라 남자도 불행하게 만들고 있어요. 여자들은 전 세계에서 매일 남자들의 주먹에 죽어가고 있고, 남자들은 자신을 위해 스스로 만든 기준에 부합하지 못해서 목숨을 끊고 있어요. 도움을 청하기보다는 죽음을 선택하는 거죠. 약한 모습은 여자나 보여주는 것이고 남자에게는 수치라고 배웠으니까.”

“나는 스물여덟 살이에요…… 너무 늦었어요…….”

“숨이 멈출 때가 늦은 때예요. 마르탱이 어떤 상황에 처해 있는지 모르지만 지금까지 말한 일들이 사실이라면 경찰에 자수하는 건 어떨까요? 경찰이 당신과 다프네를 보호해 줄 수 있지 않을까요?”

“저는 나쁜 짓을 너무 많이 저질렀어요. 용서가 불가능할 정도로요.”

“노력은 해볼 수 있지 않을까요? 좋은 사람이란 흠결이 없는 인생을 산 사람이 아니라 실수했을 때 그 실수를 인정하고 결과에 책임을 지고 가능하다면 수정하려고 노력하는 사람이라고 생각해요. 그리고 똑같은 실수를 하지 않기 위해 자신을 갈고닦아야죠. 성공할 때도 있고 실패할 때도 있겠죠. 지금 당신이 들어선 길은 길고 험해요. 하지만 길 끝에 도달했을 때 후회가 없는 유일한 길이에요. 좋은 소식은 마르탱은 공식적으로 이미 그 길에 첫발을 내디뎠다는 거예요. 그러면 어떻게 되는지 알죠?"

"되돌아갈 수 없죠."

그때 계단에서 삐걱거리는 소리가 들려왔다. 다프네가 2층에서 내려오고 있는 모양이다. 마르탱이 소맷자락으로 재빨리 두 눈을 닦았다. 다프네가 거실로 들어왔다. 상태가 심각해 보였다.

"선생님, 도와주셔서 감사합니다. 저는 결심했어요. 더이상 못 하겠어요. 그만하고 싶어요. 죄송해요."

이렇게 말하고 다프네는 마르탱 쪽으로 몸을 돌렸다.

"모레 아침. 지하철역은 마르탱이 정해요. 하지만 그 전에 숲을 산책하고 싶어요. 또 저녁에는 술을 마시고 춤도 추고. 어때요, 마르탱?"

마르탱은 고개를 끄덕이고 다프네에게 다가가 껴안았다. 두 사람은 한동안 서로를 바라보았다. 키스하지 않을까 했는데 그냥 그대로 있었다. 다프네의 왼손에 책이 두어 권 들려 있었다. 서재에서 가져간 책을 돌려주려고 한 모양이다. 피식 웃음이 나왔다. 다프네는 그 웃음을 수긍의 신호로 여긴 것 같다. 하지만 나는 알고 있다.

다프네 플로레스, 너는 죽지 않을 거야. 난 확신해.

29

제랄드

드디어 단서를 잡았다! 여러 부서를 찔러야 해서 쉽지 않았다. 아무도 모르게 비밀리에 진행해야 하는 데다 내가 정직 상태라 권한이 없어서 고생 좀 했다. 다행히 아직 친분이 있는 동료들이 있어서 도움을 받았다. 친한 사이가 아니더라도 오랫동안 같이 일해서 크고 작은 비밀을 잘 알고 있는 동료들이었다. 사실 한두 가지 의심스러운 사건에 연루되지 않은 경찰이 없다. 뒤가 구리지 않은 놈이 하나도 없으니 모두 입을 다무는 것이다. 평소라면 그런 일을 가지고 뒤에서 장난질하는 것을 좋아하지 않지만 지금은 남 사정 봐줄 형편이 아니었다. 내 명예가 걸려 있지 않은가. 명예? 그렇다. 나 같은 놈에게 명예란 없다. 감방을 가느냐 마느냐, 내 자유가 걸려 있다.

그런데 엊그제부터 뒤발이 슬슬 나를 피하기 시작했다. 자리가 걱정되는 모양이지? 뭐, 이해가 안 되는 건 아니다. 다행히 브르통은 아직 믿을 만했다. 브르통이 파리 지하철공사 영상감시과에서 일하는 사람을 아는데, 이 사람이 브르통에게 신세를 진 적이 있었다. 덕분에 마르탱과 다프네, 두 작자가 찍힌 영상을 죄다 복사해서 받을 수 있었다. 마스크로 얼굴을 가린 남자가 클랭 주위를 어슬렁거리는 것이 보였다. 여자는 플랫폼에 잠깐 나타났는네 사고가 난 후에야 무슨 일이 일어났는지 알게 된 듯했다. 정말 큰 충격을 받은 것 같았다. 두 사람은 6번 출구를 통해 지하철을 빠져나갔고 잠시 후에 본누벨 대로를 걷는 모습이 CCTV에 잡혔다.

두 사람의 이동 경로를 파악하는 것이 가장 힘들었다. CCTV를 관리하는 파리 경찰청 영상정보과 사람들에게 뇌물로 큰돈을 써야 했다.

두 사람은 10구까지 걸어가서 마젠타 대로에 있는 사

이버카페에 들어갔고 사이버카페에서 나온 후로는 더 이상 흔적이 없다. 그래서 두 사람이 사이버카페에서 무엇을 했는지 알아내는 일이 아주 중요해졌다.

차가 들어오는 소리가 들렸다. 브르통과 뒤발일 것이다. 내가 집으로 오라고 했다. 사이버카페에 가서 탐문 수사를 할 예정이다. 사장에게 인터넷 저작권법 따위를 들먹이면서 검색 기록을 조사할 작정이다. 트래픽 자료를 1년 동안 보관해야 한다는 법이 있으므로 며칠 전에 온 두 사람의 검색 기록은 아직 남아 있을 것이다.

브르통과 뒤발에게 내 계획을 알려줬다. 브르통은 즉시 동의했지만 뒤발은 몸을 사렸다.

"피숑, 그렇게 하면 안 돼. 특별 승인이 필요하다고."

"그 사이버카페는 9구에 있어, 뒤발. 분명 인도인이 운영하고 있을 거야. 자네도 알다시피 그 사람들은 법을 잘 모르잖아."

"만약 알고 있다면 우리가 큰일 나!"

"그러니까 모르게 해야지! 자네가 이렇게 꽁무니를 빼면 브르통 혼자 갈 거야. 경고하는데, 만약 우리 신고하면 나도 가만 안 있어. 내가 뭘 알고 있는지 알지?"

옆에 있던 브르통이 안절부절못했다. 그도 내가 말한

일에 연루되어 있기 때문이다.

"불로뉴 숲에서 말야…… 브르통이 창녀 하나 데리고 재미 보고 있을 때 뒤발, 자네도 그 남자랑……."

"카티아라고 불러!"

뒤발이 갑자기 소리를 지르는 바람에 깜짝 놀랐다. 이 자식이 뭘 잘못 먹었나!

"뭐라고?"

"무슨 말인지 알잖아! 카티아는 여자야! 자네 부인처럼."

"무슨 말을 그렇게 해? 괜찮아, 그럴 수 있시. 수술이 너무 잘됐으니 진짜 여자로 착각할 수 있어. 나도 태국에서 말야……."

"닥쳐! 내가 사랑하는 여자야. 한때 내가 비겁해서 잃을 뻔했지만 지금은 사람들이 어떻게 생각하든 상관없어. 자네가 어떻게 생각하든 상관없다고. 우린 곧 결혼할 거야. 불편하면 오지 않아도 돼!"

"자네, 왜 그러나……. 진정하라고. 당연히 자네 결혼식에 가야지. 자네가 그 남자…… 아니 그 여자…… 아니

카티아와 있는 것이 행복하다면 내가 무슨 상관이겠어."

뒤발이 내 말에 감동한 걸까? 손목시계를 내려다보고는 이렇게 말했다.

"한 시간 후에 사이버카페가 문을 닫을 거야. 지금 가야지. 거기서 얼마나 걸릴지도 모르고."

뒤발이 마음을 바꿔주어서 너무 고마웠다. 하지만 브르통에게 이 말을 하지 않을 수 없었다.

"자네는? 자네도 그냥 한 번 한 거 아니고 소중한 사람이었어?"

"아니. 나는 그냥 창녀였어."

우리 셋은 한바탕 큰 소리로 웃었다. 뒤발과 브르통은 사이버카페로 향했다. 그리고 정확히 한 시간 후에 뒤발에게 전화가 왔다.

"찾았어! 두 사람이 독토립 사이트를 검색했어. 거기서 모나 샹스라는 정신과 의사에게 연락했고."

"그럼 그 의사한테 가봐."

"내 생각에는 피숑, 자네가 가는 편이 좋을 것 같아. 그 의사, 범죄 전력이 있거든. 경찰하고는 얘기 안 할 것 같아. 더구나 권한도 없고."

"그런데 그 여의사, 아직 일하고 있긴 한데 의사는 아니고 심리치료사야. 일이 별로 없는 것 같아. 당연하지, 그런 사건이 벌어졌는데 사람들이 가겠어? 구글에서 그 여자 이름 한번 쳐봐. 무슨 말인지 알 거야. 환자인 척 예약하고 그 여자에게 접근하면 되겠네."

"알았어, 그렇게 할게. 고마워. 이 일 새어나가면 절대 안 되는 거 알지? 누가 알게 되면 우리 다 큰일 난다고. 그리고 저기…… 뒤발."

"왜?"

"자네 결혼도 축하할 겸 우리 집에서 바비큐 파티를 할 생각이야. 자네 부인한테 인사도 하고 말야."

"피슝, 역시 자네와 나는 피를 나눈 형제야!"

"브르통과 내가 야채를 준비할게. 뒤발 자네는 소시지를 담당하라고. 소시지는 자네가 잘 알잖아."

브르통은 껄껄 웃었지만 뒤발은 화를 냈다.

"거참…… 웃자고 한 얘기야! 걱정 마. 우리는 카티아를 열렬히 환영한다고."

30

다프네

사건 9일째

"우리가 오기 전에 세상에 부족한 것은 없었다. 우리가 떠난 후에도 세상에 부족한 것은 없을 것이다."

오마르 하이얌의 시집 《루바이야트》에 나오는 시구다. 마르탱에게 읽어주었다. 감동적인 문구다. 죽음 뒤에도 삶은 계속된다는 생각이 나에게 큰 위로를 주었다. 나는 오마르 하이얌을 몰랐다. 모나 선생님의 서가를 뒤지다가 그의 시집을 발견했다. 그는 11세기~12세기에 지금의 이란, 그러니까 페르시아에서 활동한 시인이다. 그는 술과 여자와 쾌락에 대해 시를 썼다. 물라*들은 분명 그의 시를 싫어했을 것이다. 그는 위대한 시인이었을 뿐 아니라 위대한 수학자이자 천문학자였다. 나는 마르탱에게 물었다.

"좋지 않아요?"

"시랑 나는 상극이에요. 초등학교 1학년 때 선생님이 벌로 시를 외워서 반 아이들 앞에서 낭송하게 했어요. 누구의 시였는지 기억은 안 나지만 고양이에 관한 것이었는데."

"보들레르의 시예요. 보들레르 시 중 최고는 아니지만. 나는 〈알바트로스〉를 가장 좋아해요. 알바트로스는 당신과 나 같은 사람들이에요."

"밑바닥 인생을 말하는 기예요?"

"부적응자들이요. 있어야 할 자리에 있지 못하는 사람들……."

"지금 낭송해 줄 수 있어요?"

"우리는 지금 공원 잔디밭에 앉아 나무에 등을 기대고

* 이슬람교의 성직자, 율법학자.

자연을 감상하고 있어요. 여기다 시까지 낭송하라고요? 너무 진부하지 않아요? 조금이라도 남아 있는 품위를 지키고 싶어요. 무덤에 갈 때 가져가게요.”

“바보 같은 소리 말아요. 내 휴대폰 받아요. 시 찾았어요. 여기요.”

나는 가만히 있었다.

“지금 시를 외우고 있는 거예요? 정말 그런 거예요? 머리가 진짜 좋나 보네. 그런데 왜 모나 선생처럼 가방끈이 길지 않아요?”

악의를 가지고 한 말은 아니었겠지만 그 말은 나를 아프게 했다. 나에게 기대를 걸었던 수많은 사람들이 떠올랐기 때문이다. 어렸을 때 머리가 좋아 어른들이 내 자랑을 많이 하고 다녔다. 월반도 했다. “공부를 많이 시켜야겠어”, “뭘 해도 성공할 거야”……. 나는 그 많은 사람들을 실망시켰고 기대를 저버렸다. 하지만 제일 크게 실망한 사람은 바로 나다.

“미안해요! 그런 뜻이 아니…….”

“괜찮아요. 상관없어요.”

나는 일어나서 앞으로 몇 발짝 걸어갔다. 마르탱의 시선이 느껴졌다. 뒤통수가 따가워지는 것을 느끼며 〈알바트로스〉를 읊기 시작했다.

자주, 장난삼아, 뱃사람들은……

마지막 구절을 읽는 동안 굵은 눈물방울이 뺨을 타고 흘러내렸다. 손등으로 눈물을 닦고 뒤를 돌아 마르탱을 봤다.

"이제 됐나요? 조롱거리가 됐네요. 어서요, 날 놀려봐요." 나는 방어적이 되었다.

"조롱거리요? 다프네, 너무 멋졌어요. 덕분에 보들레르의 시를 알게 됐어요. 완전히 틀린 말은 아닌 것 같아요. 사람들이 우리가 걷는 모습을 보고 비웃는 이유는 사신늘은 날지 못하기 때문이 아닐까요?"

내 감정이 겨해지는 것을 느꼈는지 마르탱이 얼른 말을 돌렸다.

"다른 시도 알아요? 나도 시 하나 아는데. 고등학교 때 배웠어요. 진짜 슬퍼요. 호숫가에서 한 남자가 질질 짜는 내용인데."

"라마르틴의 시 말이에요? 라마르틴은 싫어해요. 차라리 호수에 몸을 던질 것이지! 물론 아름다운 시지만 너무 가벼워요. 사륜구동이 발명되기 전의 아름다운 자연을 배경으로 연인의 죽음을 통곡하는 남자……. 물론 그걸 읽고 사람들은 질질 짜겠죠?"

"그럼 누굴 좋아해요?"

"찰스 부코스키! 그의 시는 나의 마약이에요. 알코올중독자에 신랄하고 지저분한, 그를 집어삼켜 버린 시대의 산물이죠. 광기가 번뜩이는 시들을 썼어요."

마르탱은 다시 휴대폰을 검색했다.

"'위대한 예술? 개똥 같은 소리다. 타코나 사서 먹어라.' 다프네 말이 맞아요. 이 사람 진정한 시인이네요."

"호숫가에 앉아 질질 짜는 시인보다 더 흥미로운 시인이라는 점만은 확실해요. 몇 시예요?"

"8시네요."

"돌아갈까요? 오늘 저녁 준비를 해야죠. 모나 선생님에게 작별 인사도 해야 하고."

모나 선생님의 집으로 돌아왔다. 마르탱은 2층으로 바로 올라가고 나는 서재 문을 두드렸다.

"선생님, 인사드리려고요. 저희 오늘 밤에 떠나요. 마르탱은 내일 짐을 챙기러 다시 들를 테지만…… 선생님과는 오늘이 마지막이에요. 어쨌든 이 세상에서는 그렇죠. 그리고 이거 돌려드리려고요."

"다프네도 오마르 하이얌이 맛보았던 삶의 즐거움을 맛보았나요? 시가 마음에 들어요?"

"네, 그런데 다 읽지 못했어요."

"다음 생에서는 이 책부터 읽도록 해요."

"선생님, 말씀드리고 싶은 게 있는데…… 선생님 때문이 아니에요. 제 병의 뿌리가 너무 깊어서 그래요. 선생님은 저에게 해줄 수 있는 것은 다 해주셨어요. 한 가지 확실한 것은 선생님을 더 빨리 만났더라면 저는 다른 사람이 되었을 거라는 점이에요."

"그렇게 말해줘서 고마워요."

"물론 이제는 다 소용이 없지만요……. 선생님, 엘리즈 사건 말이에요. 마르탱과 저는 선생님이 부당한 대우를 받았다고 생각해요. 선생님은 엘리즈를 진심으로 사랑했고 엘리즈에게서 좋은 점을 발견하려고 노력한 거예죠. 그런 선생님을 괴물로 부르는 사회는 병든 사회일 뿐이에요."

"정말 감동이에요. 하지만 다프네, 나는 끔찍한 실수를 저질렀어요. 똑바로 판단하지 못했죠. 그래서 두 사람이 생명을 잃었고."

나는 모나 선생님을 잠깐 아무 말 없이 바라보다가 말했다.

"세 사람이죠."

진짜 감동을 받았는지 모나 선생님은 일어나서 두 팔로 나를 덥석 안았다.

"다프네, 잘 가요. 놀라운 세상이 당신을 기다리고 있을 거예요. 확신해요."

"저세상에 도착하면 선생님께 신호를 보낼게요."

"걱정 말아요. 우린 만날 수 있을 거예요."

무슨 말이지? 무슨 의미로 한 말일까?

"마르탱을 돌봐주실 거죠?"

"뭐라고요? 다 큰 성인을요?"

나는 웃음을 터뜨렸다. 우리는 마지막으로 포옹했다.

31

다프네

사건 10일째

새벽 4시. 약 한 시간 반 후면 내 인생은 막을 내린다. 가까운 지하철역에서 첫 열차에 몸을 던지면 모든 것이 끝난다. 세상의 종말을 기다리는 것처럼 나는 내 죽음을 맞이할 것이다. 춤을 추면서. 춤은 성스러운 동시에 이교도적이다. 춤이 기도라면 이 기도는 우리가 잘되기를 바라는 신에게 올리는 것이다.

마르탱과 나이트클럽에 갔다. 술을 마셨다. 많이 마신 것은 아니고 긴장이 풀릴 정도로만 마셨다. 우리는 처음에는 모르는 사람들과 춤을 추다가 이윽고 둘만 춤을 추게 되었다. 두 몸뚱이는 서로 만나 우리만 이해하는 몸짓의 언어를 만들어냈다. 관능이 지배했다. 땀에 젖은 나의 몸과 영혼이 뜨거워졌다. 우리의 이야기는 오래된 것이다. 우리가 사라진 후에도 다른 사람들이 욕망과 죽음 자체인 우리의 이야기를 되풀이할 것이다.

섹스. 좋은 섹스. 이번 생에서 내가 가장 좋아했던 것이 섹스다. 투썸, 쓰리썸, 포썸 섹스를 했다. 100명과도 했다. 여자들하고도 하고 남자들하고도 하고 때로는 감정과도 섹스를 했다.

우리는 서로 마주 봤다. 내 손은 내 옷 속을 이리저리 헤매다가 두 다리 사이에서 안식처를 찾았다. 주위의 시선은 상관하지 않았다. 그의 시선은 내 입술을 탐하고 나는 내 손으로 절정에 도달했다. 나는 그의 품에서 조금 죽었다. 그가 내 이마에 키스했다. 우리는 다시 춤을 추었다. 조종이 울릴 때까지.

새벽은 우리를 보듬고 여명은 우리를 달래주었다. 동이 틀 무렵은 한밤의 칠흑보다 더 가혹했다.

우리는 지하철역으로 향했다. 나는 껑충껑충 뛰어갔다. 내리막길에서는 내달렸다. 자유를 느끼기 위해서 뛴 것이다. 아니면 술에 취해서 그랬을 수도. 머릿속에서 수많은 상념들이 스쳐 지나갔다. 마르탱이 내 손목을 잡아 나를 멈춰 세우고 나를 지그시 바라봤다. 안 된다. 그러면 안 된다. 죽은 여자를 좋아하는 사람은 없다. 그것도 둘이나 열차에 깔려 죽는다면! 감당할 수 없을 것이다. 하지만 마르탱은 상관하지 않았다. 본능이냐 순간이냐. 물론 지금 이 순간이 승리했다. 우리는 키스를 했다.

나는 그에게 미소를 지어 보이고 이제 가야 한다는 신호를 보냈다.

나는 길을 건넜다.

모든 것이 너무 빨리 지나갔다. 전조등 불빛에 눈이 부시더니 끼익하고 브레이크 밟는 소리가 났나. 나는 그대로 멈춰 섰다. 누군가 나를 땅바닥으로 밀쳤다. 자동차는 그대로 달아나 버렸다. 마르탱이 나를 일으켜 세웠다. 나는 왜 나를 구했냐고 그에게 소리를 질렀다.

"도대체 왜 그런 거예요?"

"다프네……."

"내가 죽도록 내버려둬야지! 마르탱이 해야 할 일을 했어야지!"

"그럴 수 없어요."

"무슨 말이에요? 당연히 그렇게 해야죠. 내가 동의했잖아요. 빨리 지하철로 가요. 거기서 나를 밀어요. 나를 죽이지 않으면 어떻게 되는지 알잖아요. 다른 킬러가 오면 마르탱이나 나나 둘 다 끝장이에요."

"다프네를 잃고 싶지 않아요. 다프네를 좋아하는 것 같아요."

나는 그의 뺨을 후려쳤다. 정신 차리라고.

"그렇게 말하면 다 될 것 같아요? 한 남자의 사랑이 나를 구할 수 있을 것 같아요? 마르탱이 나타나기 전부터 나는 불행했어요. 당신과 함께해도 불행할 거예요!"

"나도 알아요. 하지만 시도는 해볼 수 있잖아요. 모나 선생님에게 상담받으면서 많이 좋아졌잖아요."

"그 반대예요! 더 안 좋아졌어요. 전에는 아무것도 느끼지 못했는데 지금은 온갖 감정과 싸우고 있어요. 분노, 공포, 슬픔. 거대한 감정의 파도가 나를 덮치고 있는데 나는 속수무책으로 당하고만 있어요. 너무 피곤해요. 이제 더 이상 싸울 힘이 없어요."

"다프네는 혼자가 아니에요. 모나 선생님과 내가 있잖

아요. 다프네 엄마와 동생도 있고. 전에는 아무도 곁에 없었지만 지금은 우리 모두 다프네가 다시 일어설 수 있도록 도와줄 수 있어요.”

“그 미친놈 잊었어요? 마르탱도 나 때문에 위험에 처했는데 내 주위에 있는 모든 사람들까지 위험에 처하게 할 순 없어요.”

“경찰에 갑시다. 가서 다 애기하고 도망가서 숨어 삽시다! 뭘 하든지 하자고요. 늦지 않았어요. 치료도 받고 공부도 다시 하고. 시 공부 어때요? 제발 몇 달만 더 생각해 보자고요! 그래도 마음이 변하지 않는다면 내가 약속할게요. 나도 다프네와 같이 떠날게요. 잘 들어요. 죽음은 영원하지만 문제는 영원하지 않아요.”

첫차를 타려는 사람들이 하나둘씩 역 안으로 들어갔다. 더 고집하기 힘들었다.

“당신과 싸울 힘이 없어요, 마르탱. 하지만 난 아무것도 약속할 수 없어요. 나는 실패한 인간이고 이 세상 사람들과 너무 달라요. 여기서는 찌그러져 있거나 죽거나 둘 중 하나에요.”

“찌그러져 있거나 죽거나? 멋진데요!”

“닥쳐요. 그만 가요. 당신이 이겼어요. 이번에는.”

모나 선생님의 집은 여전히 어둠에 싸여 있었다. 선생님은 아직 일어나지 않았다. 우리는 거실에서 기다리기로 했다. 마르탱이 소파로 와서 내 옆에 앉았다.

"다프네, 가서 자요. 내일 계획을 세워봅시다. 다프네가 죽었다고 위장할 수 있을 것 같아요. 같이 생각해 보자고요."

갑자기 삶에 대한 욕구가 솟아났다. 나는 마르탱의 몸 위로 올라가서 그에게 키스했다. 하지만 그는 내 키스를 피했다.

"다프네를 좋아하지만…… 다프네, 정말 이걸 원하는 거예요? 지금 취했잖아요. 다프네가 취했다고 그걸 이용한다는 인상을 주고 싶지 않아요. 정말 원하는 거예요?"

"원해요! 나를 좋아한다고 했잖아요. 마르탱, 어서요. 나를 사랑해 줘요. 이용한다는 말은 이런 데 쓰는 말이 아닌 것 같아요."

마르탱이 티셔츠를 벗었다.

우리는 오로지 서로에게 집중했다. 멀지 않은 곳에 있는 서재 문이 열리는 소리도 듣지 못했다.

32

모나

사건 10일째

"당신이 할 일은 사랑을 찾는 것이 아니라, 당신이 사랑 주위로 심어놓은 장애물들을 찾는 것이다."

밤새 한숨도 자지 못했다. 서재에서 이리저리 뒤척이며 끊임없이 질문했다. 만약 내가 틀렸다면? 다프네가 진정 죽기를 원한다면? 마르탱이 진정 다프네를 죽이고 싶어 한다면? 이런 질문을 할 시간도 얼마 남지 않았지만, 안 그래도 무거운 죄책감을 조금이나마 덜 수 있지 않을까 싶어 질문의 답을 찾으려 했다. 생각을 멈춰보려고 책을 집어 들었지만 얼마 지나지 않아 편두통이 다시 시작됐다. 불을 껐다. 두통이 너무 심하지 않을 때는 어둠이 통증을 달래는 데 조금 도움이 된다. 침실로 올라가려고 일어났다. 일어나자마자 몸이 차갑게 굳어버렸다. 현관문이 열리는 소리가 들렸기 때문이다.

거실로 나갈 용기가 나지 않았다. 다프네가 죽었다는 소식을 들으면 어떡하지? 마르탱에게 그 말을 듣게 될까 봐 두려웠다. 바깥에서 무슨 소리가 나는지 한참 귀를 기울였지만 아무 소리도 나지 않았다. 좀 더 기다려보기로 했다. 하지만 더 이상 참을 수가 없어 조용히 서재 문을 열고 나갔다. 거실에 불이 켜져 있었다. 좀 더 다가갔다. 두 사람이 보였다.

이 한심한 것들이 이 판국에 소파에서 껴안고 뒹굴고 있다니!

두 사람에게서 시선을 뗄 수가 없었다. 뭔가 포근한 분

위기가 느껴졌다. 내가 떠날 준비를 하고 있는 이 세상에
서 아직도 길을 잃은 사람들이 서로를 찾고 있었다니. 나
는 들키지 않게 조심하며 두 사람 쪽으로 좀 더 다가갔다.
마르탱이 다프네에게 자신은 경험이 많지 않다고 고백했
고 다프네는 괜찮다고 대답했다. 사실 이건 다프네에게
도 새로운 경험이었다. 그녀는 오랫동안 남자가 평가하
는 자신의 가치는 자신이 남자에게 제공할 수 있는 쾌락
의 크기에 비례한다고 믿어왔다. 하지만 지금은 마르탱
을 자신 곁에 묶어두려고 섹스를 하려는 것이 아니다. 그
녀가 마르탱과 섹스를 하려는 이유는 그에게 욕망을 느꼈
고 또 처음 만난 순간부터 그와 통한다고 생각했기 때문
이다. 어떤 연기도 할 필요가 없었다. 다프네가 일어섰다.
치마를 올리고 팬티를 내렸다. 다프네는 부드럽게 마르탱
의 손을 자신의 성기로 가져갔다. 마르탱은 엄지손가락으
로 다프네의 성기를 애무하다가 입으로 애무하기 시작했
다. 마르탱은 정성을 다했다. 다프네는 흥분하기 시작했
다. 마르탱에게 손가락으로 하라고 요구했지만 마르탱은
계속 입으로 애무했다. 다프네가 절정에 도달했다. 다프
네는 바로 마르탱을 앉게 하고 그의 옷을 벗기고 그의 몸
위로 올라갔다. 자신도 윗옷을 벗었다. 마르탱의 시선은

다프네의 얼굴을 떠나지 않았다. 그녀의 가슴도, 그녀의
엉덩이도 중요하지 않았다. 황홀경을 느끼는 그녀의 얼굴
에 그는 그 어느 때보다도 흥분했다. 그녀는 다시 절정에
도달했다. 모든 남자는 알아야 한다. 어떤 여자들은 클리
토리스 오르가슴을 느끼고 난 후에 또 질 오르가슴이라는
기적을 느낄 수 있다는 것을.

　이제 내가 사라져야 할 시간이다. 경이로운 비밀을 선
물 받은 느낌을 안고 집을 나섰다. 차를 타고 사무실로 향
했다. 사무실에 도착하자마자 오늘 스케줄을 확인했다.
물론 상담은 많지 않았다. 모두 오후 예약이었다. 오전에
는 단 하나, 쥐스탱 프티쿠*라는 이름으로 된 예약만 있었
다. 쥐스탱 프티쿠…… 새로 등장한 재밌지도 않은 장난
인가? 쥐스탱 프티쿠 씨에게는 상담 취소 메일을 보내지
않기로 했다. 예약 취소 메일을 다 보내고 나서는 말리아,
다프네 그리고 부모님에게 편지를 썼다.
　서류 수납장 맨 아래 칸에서 스포츠백을 꺼냈다. 묵직

* ‘쥐스탱 프티쿠Justin Petitcoup’와 ‘유치한 장난일 뿐juste un petit coup’ 사이의
　말장난.

했다. 금속이 서로 부딪히는 소리가 났다. 책상에 앉아 가방을 열었다. 비닐봉지, 고무호스, 덕트테이프, 질소가 들어 있는 작은 통을 차례로 꺼내 책상에 올려놨다. 헬륨이나 아르곤도 괜찮겠지만, 질소를 선택한 이유는 질소에는 기분을 좋게 해주는 성분이 있기 때문이다.

뇌종양 진단을 받은 후에 구매했다. 앞으로 나를 기다리고 있는 것이 무엇인지 너무도 잘 안다. 끔찍한 통증에 시달릴 것이고, 몸이 쇠약해질 것이고, 기억을 잃을 것이고, 성격도 바뀔 것이다. 결국에는 누군가의 도움 없이는 살 수 없는 삶을 살게 될 것이다. 나 자신에게도 주위 사람들에게도 못할 짓이다. 하루라도 빨리 떠나고 싶다. 하지만 안타깝게도 프랑스는 아직 법으로 그 소망을 금지하고 있다. 분노가 일었다. 품위 있게 죽는 것 역시 양도할 수 없는 인간의 권리가 되어야 한다. 스위스나 벨기에 같은 외국에 가서 안락사를 요청할 수도 있지만 그러기 위해서는 일단 화학요법을 받아야 하고 화학요법이 소용없었다는 사실을 증명해야 한다. 그런데 악성종양인 교모세포종은 급속히 퍼지기 때문에 안락사 절차를 밟는 동안 아마 나는 모든 정신 능력을 잃게 될 것이다.

이제 조립만 하면 된다.

먼저 질소가 든 통에 호스를 연결했다. 이 질소가 나를 고통 없이 떠나게 해줄 것이다. 이산화탄소 농도가 높으면 질식할 때 패닉 발작을 일으키게 된다. 하지만 산소 대신 질소를 사용하고 머리에 봉지를 써서 아래 터진 곳으로 이산화탄소가 빠져나가게 하면 좀 더 편하게 죽을 수 있다. 미리 과호흡을 해두면 이산화탄소 농도를 더 줄일 수 있고 또 질식할 위험도 줄어든다. 이제 가스통을 열고 머리에 봉지를 쓰고 깊게 숨을 들이마시기만 하면 된다. 한 번…… 두 번…… 의식이 희미해지고(그렇기 때문에 미리 주위를 잘 치워둬야 한다) 몇 분 후면 모든 것이 끝날 것이다.

모든 것이 제자리에 있는지 확인했다. 스위스 조력존엄 사협회 사이트에서 찾은 설명서를 다시 한번 읽었다. 차분하게 움직였다. 나는 삶이 선물할 수 있는 가장 아름다운 것을 목도했다. 나의 마지막 기억은 소파에 누워 있는 마르탱과 다프네가 될 것이다. 아버지가 준 루미의 시집을 집어 들고 밑줄 친 구절을 다시 읽었다.

오라, 오라, 그대가 어디에 있든지

방황하는 자여, 이슬람교도여, 이교도여, 오라

천 번의 서약을 깼다 해도 상관없다

우리는 절망하는 자들이 아니다

나는 미소를 한 번 짓고 비닐봉지를 머리에 썼다. 크게 숨을 들이마시고 눈을 감았다. 눈은 다시 뜨지 않을 것이다.

33

마르탱

다프네가 내게 몸을 기댄 채 웅크리고 자고 있다. 나 역시 비슷한 자세로 누워 있다. 손가락 하나 움직이기 힘들 정도로 피곤했다. 다프네의 향수 냄새가 흔들 침대에 누워 있는 것처럼 내 머리를 어지럽게 했다. 다프네도 가끔 몸을 흔들었다. 다프네를 깨우면 다프네는 당황해서 미안하다고 말하고 움직임을 멈췄다. 몸을 떨기도 했다. 담요를 끌어 올려 잘 덮어주자 좀 더 편하게 잤다.

'숨이 멈출 때가 늦은 때다.' 모나 선생님의 말이 자꾸 떠올라 잠이 오지 않았다. 내 안에서 뭔가가 꿈틀거리고 생각이 멈추지 않았다. 나는 아직 숨을 쉬고 있다. 하지만 지금까지 살아온 내 인생이 여기서 끝장나 버릴 것 같은 기분이 들었다. 차디찬 두 발을 내 종아리에 대고 잠든 이 자그만 여자가 지금까지 잘 살고 있던 내 인생을 엉망진창으로 만들어버렸다. 그녀가 내 인생에 나타난 뒤부터 나는 내가 누구인지조차 모르게 되었다. 반대로 내가 아니라고 생각했던 것들이 살면서 내가 해온 모든 일에 의문을 던지고 있다.

이 상황에서 그나마 긍정적인 부분이 있다면 나라는 사람이 내가 상상한 것만큼 나쁜 사람이 아니라는 사실을 깨달았다는 점이다. 전력을 다해, 최선을 다해 살지는 않았지만 부모님보다는 잘 살아왔다. 특히 아빠는 내가 일본 문화에 빠져 있다고 조롱하면서도 일본 문화 중에서 한 가지만큼은 적극적으로 받아들였다. '분재'가 그것이다. 문제는 자르고 다듬어야 할 나무가 바로 나였다는 점이다. 아빠는 내가 자라지 못하도록 조이고, 비틀고, 동여매고 버팀목을 꽂아서 자신이 원하는 수형을 만들어냈다. 하지만 내게서 싹은 잘라내지 못했다. 그 사실만큼은 다행이라고 생각한다.

아빠가 원망스럽고 세상이 원망스러웠지만 지금부터
는 내 행동에 책임을 져야 한다. 내게 아들이 생긴다면 아
들에게 남자가 되는 유일한 조건은 책임을 지는 것이라
고 말할 것이다. 아! 그리고 아들 이름은 시류라고 지을
것이다. 시류는 일본 만화《세인트 세이야》에서 내가 좋
아하는 캐릭터인 청동 성투사다. 지금 이런 생각을 할 때
는 아니지만…….

나는 도움이 필요하다. 내가 세상을 보는 방식, 남자와
여자를 보는 방식은 정상이 아니다. 그 때문에 여러 사
람의 인생이 파괴되었다. 내 인생은 파괴 직전이고 카미
유 클랭의 인생은 이미 파괴되었다. 나는 용서를 구할 자
격조차 없다. 그래도 다프네의 인생은 아직 온전하다. 물
론 그녀에게도 스스로 싸워야 할 문제가 많기는 하지만.

나는 달라지기로 했다. 책임을 지는 사람이 되기로 했
다. 어렸을 때 일이 생각났다. 고등학교에 다닐 때 여학생
들에게 못된 짓을 많이 했다. 내가 누구누구랑 잤다고 말
하고 다녔다. 물론 거짓말이다. 설사 사실이었다고 해도
여자들을 그렇게 모욕해서는 안 되었다. 초등학교 5학년
때는 한 남자아이가 남자를 좋아한다는 소문이 있었다.
내가 그 애를 얼마나 괴롭혔는지 모른다. 물론 친구들이

부추겨서 그랬다. 친구들은 내가 그 애를 괴롭히는 모습을 보고 재밌다며 웃었다. 부끄럽다. 자위하다가 엄마와 다프네에게 동시에 들키는 것보다 더 부끄럽다.

내가 강한 사람이라고 보여주고 싶을 때마다 나는 약한 사람이었다. 게다가 비겁하기까지 했다. 나 자신이 스스로를 비겁한 사람이라고 믿었기 때문이다. 내가 원했던 것은 단 하나, 아빠가 나를 자랑스럽게 여기는 것이었다. 그런데 놀랍게도 아빠는 나를 칭찬해 주지 않았다. 돌이켜 보면 아빠는 자신을 사랑하지 않았던 것 같다. 그렇지 않으면 나를 부정하지 않았을 테니까.

다프네는 동의하지 않겠지만 나는 결심이 섰다. 휴식을 좀 취하고 기운을 차린 다음에 자수하러 갈 생각이다. 경찰에 정보를 제공해서 청부살인 조직을 와해시키는 데 적극적으로 협조할 것이다. 다프네는 내가 납치했다고 주장하며 그녀를 보호할 것이다. 다프네와 모나 선생님에게 피해가 가지 않도록 최선을 다할 것이다.

다프네는 바로 잠이 들었다. 내가 그녀를 멋진 사람이라고 생각한다는 것을 알아주었으면 좋겠다. 아니, 자신이 멋진 사람이라는 사실을 그녀 스스로 깨달았으면 좋겠다. 우리가 서로를 어떻게 생각하는지 진솔한 대화를 나눌 기회가 있었다면 분명 우리는 서로에게 구원자가 되었을 것이다.

다프네와 포르노에 대해 나누었던 대화가 떠올랐다. 다프네는 포르노 영화가 성을 제대로 표현하지 않는다고 했다. 맞는 말이다. 남자들을 위해서, 남자들이 만든 포르노에는 사람은 없고 행위만 있다. 수많은 나체들로 화면을 꽉 채우지만 그 나체는 텅 비어 있다.

여자와 잘 때는 남자인 내가 주도해야 하고, 남자인 내가 여자를 제압해야 한다고 배웠다. 하지만 여자를 애무해 주면서 자신도 큰 쾌락을 얻을 수 있다는 사실은 아무도 알려주지 않았다. 여자가 느끼는 쾌락, 하나가 되었을 때 느끼는 충만함, 웃음, 눈길, 속삭임, 친밀함이 오래오래 남는다는 것을 아무도 알려주지 않았다.

다프네를 안았다.
눈을 감았다.
완전히 망한 것 같다.

나는 어떤 신도 믿지 않지만 지금 이 순간이 영원히 멈추게 해달라고 어느 신에게라도 빌고 싶다.

34

제랄드

내 이름으로 예약하고 싶지 않았다. 유치한 짓이고, 의사가 장난으로 여겨서 상담에 나타나지 않을 가능성이 있다는 사실은 알았지만 본명은 쓰기 싫어 '쥐스탱 프티쿠'라는 우스꽝스러운 이름으로 예약한 것이다. 정말 끝내주는 이름 아닌가? 그렇기는 하지만 벌써 30분째 대기실에서 심리치료사를 기다리고 있는 이 시점에서 어리석은 계획이었다는 사실을 인정하지 않을 수 없다.

그래도 상담실 문을 두드려볼 참이다. 사실 건물 안으

로 들어올 때 마침 나오는 사람이 있어서 벨을 누르지 않고 그냥 들어온 상태였다. 상담실 문을 두드렸다. 대답이 없었다. 이번에는 손잡이를 잡아당겼다. 잠겨 있었다. 제기랄! 아무도 없었다. 이러면 곤란하다. 두 연놈이 있는 곳을 알아낼 수 있으리라 기대했는데! 상담실 안으로 들어가서 물건을 뒤지는 수밖에 없었다. 그러다 들키면 미친놈 흉내를 내면서 머릿속 목소리가 시켰다고 하면 된다. 여기는 그런 놈들이 찾아오는 데가 아닌가.

문은 그리 두껍지 않아 부수고 들어갈 만해 보였다. 어깨로 문을 세게 밀쳤다. 하지만 문은 꼼짝하지 않고 내 어깨만 무진장 아팠다. 행동으로 옮기기 전에 생각을 먼저 해야 했는데. 잡아당겨야 열리는 문이었다. 대기실을 둘러봤다. 얇은 컬러링북이 눈에 들어왔다. 그 책을 문 사이로 한 번에 세게 밀어 넣었다. 빙고! 열렸다.

안으로 들어가자마자 주저앉을 뻔했다. 책상 아래 사람이 쓰러져 있는 것이 아닌가! 머리에 투명한 비닐봉지가 씌워져 있어서 안쪽이 보였다. 얼굴이 납빛이었다. 이미 저세상으로 간 것 같다. 가스통에 호스가 연결된 것을 보니 뭘 좀 아는 사람이 자살했나 보다. 맥을 짚었다. 뛰지 않았다. 몸이 차가웠고 사후 강직이 시작되었다. 뭔가

하지 않아도 되어 다행이다. 구급차를 부르지 않아도 되고 여기 왜 있었는지 같은 불편한 질문들에 답하지 않아도 되니까.

이러고 있을 때가 아니다. 빨리 단서를 찾아야 한다. 책상 위에 편지 몇 통이 놓여 있었다. 봉투 겉면에 다프네라고 적힌 편지를 열어 읽었다. 상담사는 정말 자살했다. 치료가 불가능한 뇌종양에 걸렸고 병이 악화될 때까지 기다릴 수 없었던 것이다. 자세히 알고 싶으면 말리아 바조코라는 사람에게 연락하고…… 마르탱이 치료를 받을 수 있도록 도움을 주고 또…… 뭐? 므동에 있는 집을 다프네에게 물려준다고? 아주 중요한 단서다. 어제저녁 뒤발이 15구에 있는 상담사의 집에 갔는데 거기에는 아무도 없었다.

므동에 있는 집 주소를 찾아달라고 브르통에게 문자를 보냈다. 두 연놈이 거기 숨어 있다는 데 내 전 재산을 건다. 상담사의 몸을 뒤지자 열쇠가 나왔다. 열쇠를 챙겼다. 이거면 됐다. 이제 나가도 될 것 같다. 자기 부모와 말리아라는 사람에게 보내는 편지는 놔두고 다프네 것만 챙겼다. 다프네가 므동에 있다면 내가 직접 편지를 전해줄 수도 있지 않은가. 다프네라는 여자도 클랭 사건의 공범일 수 있지만 죽은 사람의 마지막 소원은 귀중한 것이니까. 이런 걸 무시할 정도로 내가 못된 놈은 아니다.

　집으로 돌아왔다. 얼마 안 있어 브르통이 찾아와 므동의 집 주소가 적힌 쪽지를 건넸다. 구글맵에서 위치를 찾았다. 이웃집이 없는 외딴집처럼 보였다. 브르통이 권총 한 자루를 내밀었다.

　"일련번호를 지웠어. 발미 강변에서 압수한 거야. 자네가 가지고 있어도 돼. 응우옌과 카롱은 입 다물고 있을 거야. 둘이 마약을 슬쩍하는 걸 내가 봤거든."

　"나 총 필요 없어. 두 연놈이 다 꼬마들이더라고!"

　"그래도 자네 혼자 가야 하는데? 뒤발하고 나는 못 가. 그러니까 총 챙겨둬. 무슨 일이 일어날지 모르니까."

　"그렇게 걱정이라면 할 수 없지. 녹음기를 가져가야겠어. 혹시 자백이라도 하면 필요할 테니까."

　"지금 갈 거야?"

　"그래. 그 둘이 움직인다고 해도 아마 오늘 밤은 아닐 거야. 오늘 가야 덮칠 수 있지."

　"자네는 내 롤모델이야, 제랄드 피숑!"

　"뭔 소리야? 낯 뜨겁게."

"나중에 연락해, 알았지?"

"알았어. 서로 갈 거지? 나도 출발해야겠어."

차에 올라타 브르통이 준 주소를 내비게이션에 입력하고 시동을 걸었다. 도착해 보니 실제로 주위에 아무것도 없는 외딴집이었다. 집에서 좀 떨어진 작은 길에 차를 주차하고 걸어서 목적지로 향했다.

사용할 생각은 없지만 어쨌든 총은 챙겨왔다. 권총을 차니까 왠지 어깨에 힘이 들어가고 멋져 보였다. 미국 드라마 시리즈 〈레니게이드〉의 주인공 리노 레인스가 된 기분이다. 리노 레인스는 아내를 살해했다는 누명을 쓰고 도망 다니면서 진범을 찾기 위해 미국 전역을 누비는 경찰이다. 실은 악질 동료들이 레인스의 아내를 살해한 뒤 레인스를 범인으로 몰았다. 레인스는 오토바이를 타고 미국 전역을 돌아다니는 와중에 수배 중인 범죄자들을 잡는다. 딱 내 얘기가 아닌가! 리노 레인스 역을 맡았던 배우 로렌조 라마스는 내 마음을 알 것이다.

현관 앞에 도착했다. 창문으로 조심스럽게 안을 들여다 봤다. 마르탱과 다프네가 보였다. 두 사람은 발가벗고 소파에 누워 있었다. 어젯밤 재미 좀 본 모양이다. 자물쇠에

열쇠를 꽂고 현관문을 살짝 밀었다. 끼익 소리가 났다. 두 사람을 깨울 정도는 아니었다. 하지만 또 소리가 나면 곤란하니까 문은 그냥 열린 채로 두었다. 사람을 놀래주는 것만큼 재밌는 일이 있을까!

거실 안으로 들어갔다.

"에헴……! 젊은이들, 옷은 입고 자야지."

두 사람이 놀라서 벌떡 일어났다. 남자가 "다프네, 그 새끼가 왔어요!"라며 소리를 지르고는 여자 앞으로 가서 나를 막아섰다. 나는 바로 안심시켰다.

"진정, 진정! 당신들을 어떻게 하려고 온 게 아니니까 진정하시고. 제랄드 피숑 형삽니다. 지금은 정직 중이기는 하지만…… 하여간 뭐 좀 걸치고 얘기나 합시다."

두 사람은 주섬주섬 옷을 입기 시작했다.

"내가 여기 온 이유는 카미유 클랭 형사 살해사건 때문이오."

"카미유 클랭이 형사였어요?"

"그래요. 당신들을 감시하고 있었지."

남자가 굉장히 충격받은 모양이다.

"이해가 안 돼요. 그럼 형사님이 @동전던지기인가요?"

"뭐요? 그게 무슨 소리예요? 무슨 틱톡 같은 거라면 당장……."

"내가 @동전던지기다!"

내 뒤에서 제삼의 목소리가 튀어나왔다. 화려한 색상의 무시무시하게 생긴 가면을 쓴 남자 둘이 거실로 들어왔다. 한 사람은 자루를, 다른 한 사람은 작은 서류 가방과 총을 들고 있었다. 총을 든 남자가 나를 가리키더니 소리를 질렀다.

"손 들어!"

"서장님……?"

익숙한 목소리였다.

"서장님! 이 주소는 어떻게 알았어요? 그 정신과 의사…… 서장님이 제거했어요? 자살로 위장하고요?"

내 말이 끝나기도 전에 다프네가 비명을 지르고 오열했다. 이런 식으로 비보를 전할 생각은 아니었는데.

"다들 닥쳐!" 서장이 소리를 질렀다.

"서장님! 서장님이 그 의사를 죽인 겁니까? 그런 겁니까?"

나는 서장의 대답을 미처 듣지 못했다. 총소리가 두 번 나더니 한 방은 가슴에, 한 방은 배에 와서 박혔다. 나는 쓰러졌다. 의식을 잃으려는 찰나 아내의 얼굴이 보였다. 다시는 못 볼 줄 알았는데. 슬프다…… 나는 아내를 사랑했다…….

커피 하나는 기가 막히게 끓였는데…….

@동전던지기

아직 부족한가? 피가 더 튀고 진한 땀 냄새가 풍겨야 하는데 말이다. 걱정 마시라. 그래서 내가 있는 거니까.

열흘 전부터 모나 샹스, 마르탱, 다프네, 이 세 사람을 감시하고 있었는데, 오! 놀라워라! 마르탱과 다프네가 짝짓기를 하고 말았다. 의사의 집 맞은편에 있는 숲에서 카스탱의 끄나풀이 두 사람이 그 짓 하는 장면을 촬영한 영상을 봤다. 이 마르탱이라는 자식은 자존심도 없나, 자기가 얼마나 강한 남자인지를 보여줄 것이지 계집애에게 뽀뽀나 하고 한심하긴! 수컷만 보이면 아무나랑 붙어먹는 발정 난 암말 같은 년, 암소 같은 년, 암캐 같은 년에게 당하는 꼴이라니. 얼마나 모욕적인가! 남자라면 자고로 여자를 꼼짝 못 하게 붙잡고 꽂아 넣어야지 광견병 걸린 페미니스트들이 주장하는 '씌우기'*를 당하면 안 되잖아! 이 미친년들은 머리를 염색하고, 겨드랑이 털을 그대로 놔두고, 브래지어는 안 해서 흰 티셔츠 위로 젖꼭지가 툭 튀어나오게 둔 채 돌아다닌다. 당연히 우리를 흥분시키고 싶은 마음은 눈곱만큼도 없겠지? 거리에서 이런 년들을 보면 나는 칼 같은 날카로운 도구들을 하나씩 하나씩 떠올린다. 그러다 보면 아랫도리가 딱딱해지고 한 번은 사정을 한 적도 있다.

잠시 딴 길로 샜다. 어디까지 얘기했냐면…… 그러니까 열흘 전부터 이 연놈들을 감시하고 있었다. 그런데 모냐 샴스라는 정신과 의사는 예상하지 못한 변수였다. 물론 처음부터 살려둘 생각은 없었지만 방금 밝혀졌다시피

---

* Circlusion. 독일 여성운동가 비니 아담착이 남성 성기 중심 용어 '삽입 penetration' 대신 만든 여성 성기 중심의 성교 용어.

고맙게도 자기 손으로 죽고 말았다. 이 여자에 대해 몇 가지 조사를 했다. 엘리즈 베르제 사건에 대해서도. 나도 감옥에 있는 엘리즈 베르제에게 편지를 쓰고 싶다. 아주 재밌을 것 같다. 이런 유의 여자들에게 '연습할' 기회는 자주 없으니까.

제랄드 피숑 역시 계획에 없던 인물이다. 보통 우리는 잠복해 있다가 어두워지면 활동을 시작하는데 이 바보 새끼가 갑자기 나타나는 바람에 다 망칠 뻔했다. 서장은 피숑을 과소평가했지만 그래도 자신의 실수를 총알 두 발로 만회했다. 어쨌든 이제 서장과 나밖에 없으니 본격적으로 시작해 볼 수 있겠다. 나는 쓰고 있던 가면을 벗었다. 카스탱에게도 벗으라는 신호를 보냈다.

"친애하는 @오시야상! 우리가 신경을 좀 썼는데, 마음에 드나? 일본 전통 가면을 쓰고 왔거든. 여기 이 친구는 요괴 '텐구'야. 나는 일본 사람들이 '유레이'라고 부르는 유령이고. 죽은 사람의 혼령은 살아 있을 때 모습으로 나타난다잖아. 자네가 더 잘 알겠지? 그리고 아가씨는 그 유명한 다프네?"

"당신들이 모나 선생님을 죽였지?"

"물론 계획에 있었지. 하지만 의사 선생이 우리보다 한

발 빨랐어. 이거 봐. 자네들에게 편지를 남겼잖아. 안타깝게도 피송 형사의 피로 범벅이 됐지만.”

나는 허리를 숙여 봉투에 다프네라고 적힌 편지를 집어 들었다. 그리고 편지를 꺼내 큰소리로 읽기 시작했다.

“어쩌고저쩌고…… 이 편지를 읽을 때쯤 나는 이 세상 사람이 아닐 것입니다…… 어쩌고저쩌고…… 아! 드디어 중요한 것이 나왔군! 내가 만약 생을 마감한다면 그것은 모두 다프네와 마르탱, 당신들 때문입니다. 당신들을 만나기 전에는 한 번도 죽음을 생각한 적이 없었습니다.”

예쁘장한 여자의 얼굴이 슬픔과 죄책감으로 일그러지는 것을 보니 희열이 느껴졌다.

“농담이야, 농담! 모나 샹스는 진짜 죽으려 했던 거야. 자네들하고는 상관없어. 머리에 종양이 생겼는데 끝까지 싸울 용기가 없어서 자살했대. 비겁했던 거지. 좋은 소식도 있어. 아가씨한테 이 집을 물려준다는군! 그리고 나쁜 소식은 이 집에서 살아보지도 못하고 죽는다는 거지. 자, 누구부터 시작할까?”

나는 편지를 찢어 땅에 버렸다. 마르탱이 한 발 앞으로 나왔다.

“어쩌지, 결정은 자네가 하는 것이 아냐. 동전을 어디

됐더라? 여깄군. 마르탱! 킬이야, 페이스야?*"

"킬."

동전을 던졌다. 해골이 조각된 동전 뒷면이 나왔다.

"킬이군! 자네가 먼저야. 카스탱 서장님, 괜찮으시다면……."

나는 서장이 건넨 권총을 받아 들고 그 총으로 다프네를 겨눴다. 마르탱이 고분고분 말을 잘 듣게 하기 위해서다. 서장이 마르탱을 의자에 앉히고 수갑을 채웠다. 그런데 멍청하기는 해도 겁대가리는 없는지 다프네가 갑자기 카스탱에게 덤벼들었다. 물론 카스탱이 날린 강한 싸대기 한 방에 제압되었다. 다프네가 휘청하고 쓰러지자 남자 새끼가 "다프네!" 하고 외쳤다. 다프네가 벌떡 일어나 다시 카스탱에게 덤벼들려다가 멈칫하더니 그대로 멈췄다. 내가 총으로 마르탱을 겨누고 있다는 사실을 알아차렸기 때문이다. 이 연놈들이 서로를 지켜주려고 이 지랄을 하고 있네. 브라보! 드디어 내가 원하는 게임이 시작됐다.

"이제야 이성을 되찾았군. 다프네, 분노는 건강에 해롭

---

* Kill ou Face. 프랑스에서 동전을 던져 결정할 때 쓰는 관용구 '뒷면 혹은 앞면pile ou face'를 비튼 말.

다는 걸 알아야지. 누구를 탓하겠어? 자신을 탓해야지. 아가씨가 변덕을 부리지 않았다면 이런 일도 없었지. 안 그래? 저 새끼도 오래오래 살 수 있었을 텐데 아가씨가 발목을 잡아버린 셈이지. 마르탱, 자네도 그래. 나한테 조언을 구할 수도 있었잖아. 혹시 내가 감동해서 자네를 도와줬을지 어떻게 알아? 또 저 아가씨보다 더 예쁜 여자를 찾아줬을 수도 있고. 저 여자를 싸악 잊어버리게 말야. 아가씨, 눈 깔아요. 눈알을 확 뽑아서 입에 처넣기 전에. 그렇지. 그래야지. 성깔 하나 끝내주는 아가씨군. 내가 아가씨를 안락사시켜야 할 의사라면 베개로 한 방에 끝내줄 텐데. 그럼, 서장님! 시작하십시오. 사랑스러운 아가씨, 여기 이 서장님은 우리 커뮤니티의 일원이 될 거야. 오늘은 인턴 자격으로 참여했고.”

내가 고갯짓을 하자 서장이 마르탱의 얼굴을 주먹으로 가격하기 시작했다. 한 번, 두 번, 세 번. 세 번째 주먹이 강타하는 순간 뼈가 으스러지는 소리가 약하게 났다. 다프네가 마르탱에게 뛰어갔다. 하지만 뛰어가는 다프네를 내가 붙잡았다. 다시 주먹질이 시작됐다. 다프네는 극도의 공포심으로 눈을 감고 귀를 막고 여기서 벗어나려는 듯 몸부림을 쳤다.

“안 되지. 다프네. 잘 봐야지. 당신이 한 바보짓 때문에 사랑하는 남자가 죽는 순간을 지켜봐야지. 시선을 돌리기만 해봐. 저 자식처럼 후회하게 만들어줄 테니!”

“잘못했어요. 이렇게 빌게요. 내가 대신 저기 앉아 있을게요. 마르탱을 보내주세요. 하라는 대로 다 할게요.”

“우리 이쁜 아가씨. 안됐지만 흥정하기에는 너무 늦어버렸어. 서장님, 잠깐 멈추시죠! 너무 빨리 끝나면 재미없잖습니까? 주저하지 마시고 가져온 도구 다 활용하십시오.”

서장이 주먹질을 멈추는 것을 보고 나는 다프네를 놔줬다. 다프네는 바로 마르탱에게 달려갔다. 마르탱은 피범벅이었지만 아직 의식이 있었다. 다프네는 마르탱의 얼굴을 두 손으로 감싸더니 울면서 키스를 했다. 눈 뜨고 볼 수 없는 유치한 광경이다. 다프네는 같은 말을 계속 반복했다. “사랑해요. 미안해요. 사랑해요. 미안해요.” 마르탱도 만만치 않았다. 분명 턱이 깨져 고통이 엄청날 텐데 다프네에게 꼭 여기서 도망가라고, 자기도 사랑한다고 대답했다.

서장이 자신의 가방에 있던 칼과 굵은소금을 가지고 돌아왔다. 너무 뻔하지 않은가. 잔인할 정도로 상상력이 부족한 인간이다. 아둔한 짐승 같은 서장은 절대 나와 동급이 될 수 없다. 꿈도 꾸지 말아야 한다. 하지만 아무 말도 하지 않았다. 그냥 하고 싶은 대로 하게 내버려뒀다. 서장은 다시 한번 다프네를 마르탱에게서 거칠게 떼어놓고는 마르탱의 팔을 칼로 벴다. 그러고는 깊게 팬 상처에 소금을 뿌렸다. 마르탱이 지르는 비명의 강도를 봤을 때 고통이 상당함을 알 수 있었다.

좋은 생각이 하나 떠올랐다.

"내가 냉혈한이라고 생각한다면 그건 오해야. 마르탱을 살려주겠어…… 만약 마르탱이 너를 죽인다면 말야. 내 말 들었나, 마르탱? 서장님, 저 자식 손 하나 풀어주세요."

나는 마르탱에게로 가서 그의 팔을 상처 낸 칼을 손에 쥐여준 뒤 다프네의 머리채를 잡고 마르탱이 앉아 있는 의자까지 끌고 와 머리를 뒤로 젖혔다.

"마르탱! 어서 이년 목을 따. 그러면 너는 살 수 있어."

다프네가 그렇게 하라고 마르탱에게 사정했다. 하지만 마르탱은 머리를 가로저었다. 뒤쪽에서 서장이 한마디 했다.

"그럴 줄 알았어. 너 같은 변태한테 그런 배짱이 있을리가 없지!"

나는 다프네를 붙잡고 뒤로 물러섰다. 그런데 갑자기 예상치 못한 일이 일어났다. 마르탱이 남은 힘을 마지막 한 방울까지 쥐어짜서 팔을 들어 서장의 허벅지에 칼을 내리꽂았다. 가랑이 안쪽에 꽂힌 칼이 들썩거렸다. 내가 '안 돼!' 하고 외치려 했지만 마르탱이 먼저 칼을 뽑았다. 곧바로 바닥에 피웅덩이가 생겨났다. 대퇴동맥에 구멍이 뻥 하고 뚫려버렸다. 내가 서장을 구할 수도 있었다. 정말이다. 하지만 나는 가만있었다. 쓰러져 의식을 잃고 죽어가는 서장을 바라보기만 했다.

마르탱에게 박수를 보냈다.

"브라보! 대단해. 내가 사과를 해야겠군. 생각한 것보다 배짱이 두둑한데! 자네를 내 후계자로 삼아도 될 뻔했어. 하지만……."

드디어 고대하던 순간이 왔다.

방아쇠를 잡아당겼다. 총알이 마르탱의 목에 가 닿았다. 다프네가 비명을 질렀다. 사랑에 빠진 사람만이 낼 수 있는 소리였다. 호기심이 생겼다. 나는 사랑이라는 감정을 느끼지 못한다. 내가 표적의 가족 앞에서 표적을 죽이는 이유는 사랑의 감정이 무엇인지 분석할 수 있는 좋은 기회라고 생각하기 때문이다. 다프네가 손으로 마르탱의 목을 꽉 눌렀지만 피는 계속 솟구쳤다. 두 사람은 피범벅이 된 채로 서로를 쳐다봤다. 아름다운 광경이었다. 드디어 마르탱이 죽었다. 다프네가 말을 타듯 마르탱의 몸 위로 올라갔다. 몇 시간 전에 소파 위에서 두 사람이 취했을 자세를 상상하고 음미했다. 다프네는 마르탱의 목에 얼굴을 파묻고 비명을 지르고 오열했다. 마르탱의 머리가 흔들리지 않도록 목을 꽉 붙잡고서. 쓸데없는 행동이지만 이것이 사랑의 힘인가 보다. 나에게는 그런 힘이 없다. 세상은 참 불공정하다!

"그만, 그만. 이제 그만하고 눈물 닦아. 곧 마르탱과 만나게 될 거잖아."

나는 권총을 다프네에게 겨눴다. 그 순간 어디선가 신음 소리가 났다.

"서장님……."

제랄드 피숑이 배를 붙잡고 일어나려 하고 있었다. 하지만 무언가 말하려는 듯 3, 40초 입술을 달싹이더니 그대로 고꾸라졌다. 이 멍청한 자식은 내가 총을 쏠 시간도 안 주고 다시 한번 자신이 멍청하다는 사실을 증명하고는 사라졌다.

다프네에게로 몸을 돌렸다.

다프네가 바로 뒤에 서 있어서 심장이 멎을 뻔했다. 분노로 이글거리는 눈, 증오로 일그러진 얼굴이 눈에 들어왔지만 그것도 잠시, 부지깽이가 나를 마구 공격했다. 다프네는 부지깽이로 나를 때리고, 때리고, 또 때렸다. 부지깽이가 내 머리에 박힐 때까지. 다프네는 발로 내 머리를 밟고 바위에서 엑스칼리버를 뽑아내듯 부지깽이를 뽑았다. 전설에서처럼 여왕이 왕관을 쓰게 될 것인가? 그런 의미인가?

분노로 돌아버릴 것 같았다. 여자한테 지다니. 믿을 수가 없었다. 그것이 죽기 전에 내가 한 생각이다.

티에리 두세, @동전던지기, 사랑을 모르는 자 여기 잠들다.

다프네

나의 애인 브뤼셀.

나는 바람났다 집으로 돌아온 남편처럼 브뤼셀로 다시 돌아왔다. 머리를 푹 숙이고 땅만 쳐다보며 집으로 들어갔다. 부끄러워서가 아니라 내가 얼마나 큰 고통을 겪었는지 보여주기 위해서다. 브뤼셀은 언제나 나를 받아주었다. 내 고향은 나에게 아무것도 바라지 않았다. 자신에게 돌아오는 것 말고는.

나는 벨기에로 다시 돌아왔다. 엄마와 언니에게도 연락

했다. 하지만 아빠에게는 연락하지 않았다. 아빠를 다시 만나기에는 상처가 너무 깊었다. 아빠는 여전히 술을 마시고 있었다. 알코올중독이 질병이고 주변의 도움이 필요하다는 것은 알지만 나는 내가 가진 모든 힘을 내 안에 있는 악마들과 싸우는 데 써야 했다.

좋은 사람이 먼저 죽는다는 속설이 있다. 그런 의미에서 제랄드 피숑이 죽지 않고 살아난 것은 놀라운 일이 아니다. 하지만 총알이 척수를 건드리고 내장에 박히는 바람에 심각한 외상을 입었다. 결국 평생 똥주머니를 차고 휠체어에 앉아 살아야 하는 신세가 됐고 경찰에서 은퇴할 수밖에 없었다. 그래도 청부살인 조직을 일망다진한 공로로 훈장을 받았다. 카스탱 서장도 서훈되었다. 아니 추서되었다. 죽었으니까. 사건의 전말이 밝혀지는 것을 원하지 않았던 내무부 장관이 요술을 부린 덕분이다. 진실이 밝혀지면 그가 노리고 있던 총리 자리는 물 건너갈 것이 뻔했다. 경찰 서장이 사이코패스였다는 사실을 누가 좋게 보겠는가. 덕분에 나는 협상할 수 있었다. 나는 크게 걱정하지 않았다. 모나 선생님은 전혀 언급되지 않았고 마르탱과 관련된 많은 부분이 대중에게는 비밀에 부쳐졌다.

모나 선생님의 장례식에는 참석하지 못했다. 선생님의 부모님이 딸을 시리아에 묻고 싶어 하셨기 때문이다. 선생님을 데리러 부친이 프랑스에 오셨을 때 만나 뵈었다. 다정하고 지혜로운 분이셨다. 선생님이 발견되었을 때 책상에 놓여 있던 루미의 시집을 드렸다. 어떤 사연이 있는지 모르겠지만 이 책이 두 사람에게 특별한 의미가 있는 것은 분명했다. 그는 무척 감동한 듯했다. 나는 선생님이 물려준 므동의 집을 받지 않겠다고 말했다. 사실 모나 선생님과 잘 아는 사이도 아니고 또 선생님이 심신이 미약할 때 내린 결정이어서 내가 갖는 것이 옳지 않아 보였다. 게다가 마르탱이 죽은 곳이기도 해서 다시 그 집에 발을 들이고 싶지 않았다. 하지만 선생님의 아버지는 내 결정을 받아들이지 않았다. 그래서 나는 므동 집을 팔아 브뤼셀에 작은 아파트를 샀고 남은 돈으로는 마르탱의 어머니가 거처하실 곳을 구해드렸다.

마르탱의 장례식은 낭트에서 열렸다. 마르탱이 내가 낭트를 좋아할 것이라고 말한 적이 있다. 오래된 돌과 새로운 아이디어가 공존하는 낭트는 나를 포근하게 맞아주었다. 장례식은 성당에서 치러졌다. 마르탱은 신을 믿지 않았지만 그렇게 해서라도 어머니가 위로받길 바랐을 것이라고 나는 생각한다. 나 역시 너그러운 신이 마르탱을 용서해서 신의 동산에 올라갔다고 믿고 싶고 언제가 나도 그곳에 가서 그를 만나기를 소원했다. 마르탱의 아버지는 아들은 이미 오래전에 죽었고 장례도 치렀다고 말하며 장례식 참석을 거부했다. 이것이 낙타 등의 마지막 지푸라기였다. 마르탱의 어머니는 남편과 이혼했다. 이 소식은 이웃과 친지들에게 엄청난 추문이 되었다. 마르탱의 어머니와는 지금도 편지를 주고받고 있는데, 어느 날 자식을 잃은 부모 모임에서 새 사람을 만났다는 소식을 알려왔다. 나는 그녀가 행복해지기를 진심으로 바랐다. 자식을 잃은 부모가 행복해진다는 것이 말도 안 되는 소리 같지만 그녀는 결혼하면서 빼앗긴 자신의 인생을 되찾기 위해 고군분투했다.

마르탱의 묘지에 묘석이 놓이는 것까지 보고 싶어서 낭트에 몇 달 더 머물렀다. 마르탱의 어머니가 나보고 묘석을 고르라고 했다. 대신 묘석에 전남편의 성이 아니라 자신의 성을 새겨야 한다는 조건을 걸었다. 그래서 마르탱은 마르텔이 아니라 라모로서 흙으로 돌아갔다. 마르탱 라모. 호전적이지 않은 평화로운 이름이고 그다운 이름이다.* 그리고 평생 함께할 수는 없지만 내가 평생 사랑할 남자의 아름다운 이름이다.

브르타뉴산 분홍빛 화강암을 선택했다. 그리고 마르탱의 이름 옆에 두루미 한 마리를 새겨넣었다. 일본에서는 새가 여러 의미를 품고 있는데 불멸도 그중 하나다. 이것이 그의 묘비명이 될 것이다. 마르탱의 어머니가 아이디어를 제공했다. 집을 나올 때 남편이 아들의 물건을 버릴 것이 분명했기 때문에 잔뜩 챙겨 나왔다. 그 물건 중에 마르탱이 사춘기 소년이었을 때 끄적거렸던 공책이 한 권 있었는데 주로 만화 캐릭터들을 그린 것이었지만 하이쿠도 몇 편 있었다. 마쓰오 바쇼가 쓴 하이쿠를 골라 묘석에 새겼다.

서늘함은
나의 집이다
그곳에 몸을 누인다

* '마르텔Martel'은 중세 시대 때 무기로 썼던 망치를, '라모Rameau'는 종려 나무 가지를 의미한다.

내 사랑, 안녕…….

　1년이 흘렀다. 모나 선생님과 마르탱의 죽음은 내 가슴에 심연을 만들었다. 하지만 나는 심연 속에 침잠하지 않았다. 벨기에로 돌아온 후 정신과 치료를 시작했다. 유능하고 공감 능력이 뛰어난 의사를 만났다. 의사는 내가 외상 후 스트레스 장애와 중증 우울증을 앓고 있다고 진단했다. 그의 말에 따르면 나는 높은 산에서 조난을 당했고, 내가 지금 당장 해야 할 일은 구조대가 올 수 있는 고도까지 내려가야 하는 것이며, 나를 그 고도까지 내려오게 하는 것은 약물치료라고 했다. 항우울제를 처방받았다. 항우울제는 뇌에서 화학 작용을 일으켜 불안과 슬픔 말고 다른 물질이 분비되도록 해준다.

　의사는 ADHD나 자폐스펙트럼 장애 같은 신경발달장애도 의심했다. 아직 확실하지는 않지만 나에게 의향만 있다면 강도 높은 검사를 해보겠다고 했다. 당장은 받고 있는 치료만 계속하기로 했다. 심리 상담도 받고 있다. 쉽지 않은 싸움이라는 것을 잘 안다. 하지만 나는 혼자가 아니다. 내 뒤에는 나를 든든하게 받쳐줄 버팀목이 있다. 마르탱과의 추억, 모나 선생님의 따뜻한 마음 그리고 가족과 친구들이 나를 받쳐주고 있다. 내가 얼마나 아픈지 말했다면 기꺼이 나를 도와주었을 사람들이다.

길고 험한 길로 들어섰다. 올라갈 때도 있고 내려갈 때도 있을 것이다. 하지만 되돌아갈 수 없다. 그러니 묵묵히 앞만 보고 갈 것이다.

참! 강아지 한 마리를 입양했다. 이름은 말로이고 견종은 뉴펀들랜드다. 원래는 나이가 많은 노인이 주인이었는데 안타깝게 돌아가셨다. 가끔 말로가 슬픈 표정을 지을 때가 있다. 그럴 때면 나는 말로에게 옛 주인이 사실은 하늘나라로 간 것이 아니라 러시아로 간 것이라고 말해준다. 거기서 짝 잃은 양말의 짝을 찾아주는 결혼상담소를 개업했다고. 아니면 목소리를 잃은 앵무새들에게 수어를 가르치기 위해 코스타리카로 갔다고 말해준다. 아니면 백조와 오리들이 가지고 놀 볼링공을 만들러 바로 옆에 있는 호수에 갔다고 말해주기도 한다.

말로는 덩치는 산만 하지만 바보가 아닌가 걱정될 정도로 순둥이다. 또 지독한 방귀쟁이다. 하지만 말로가 강아지가 아니라 사랑하는 존재가 되면서부터 그런 것은 문제가 되지 않았다. 말로와 나는 긴 산책을 즐겼다. 말로는 산책을 나갈 때마다 좋아서 펄쩍펄쩍 뛰었다. 우리가 그렇게 밖에서 자주 시간을 보내는 이유는 산책이 좋아서가 아니라 말로의 냄새가 지독하기 때문이다. 언젠가 이 사실을 말로에게 고백할 날이 오겠지?

농담이다. 나는 자연을 좋아한다. 날씨가 좋으면 우리는 자주 풀밭에 누워 시간을 보냈다. 나는 책을 읽고 글을 모르는 말로는 내 옆에서 기꺼이 쿠션이 되어주었다.

앞으로 며칠간 아주 바빠질 것 같다. 1년 동안 정신과 육체를 회복시키면서 나는 인생을 되돌아보고 미래에 대해 진지하게 고민할 수 있었다. 공부를 다시 하기로 했다. 그래서 대학 입학시험을 봤고 방금 결과를 받았다. 합격이다! 높은 점수로 합격했다. 나 자신이 무척 자랑스러웠고, 행복했다.

하지만 진정한 승리는 내가 전혀 놀라지 않았다는 사실이다. 이 길을 택하게 되리라고는 한 번도 생각해 본 적이 없지만 그럼에도 모든 것이 자연스럽게 느껴졌다.

이 길을 선택해서 다행이다.

"사람들이 무너지는 이유는 인생을 자주 바꾸지 않기 때문이다."

누가 말했는지 모르겠지만 바보 같은 소리는 아닌 것 같다.

에필로그

12년 후

지금 내가 앉아 있는 곳은 병원 응급실이다. 내 맞은편에는 여자 두 명과 아이가 앉아 있다. 두 여자는 팔을 들고 우는 여자아이를 달래고 있다. 아이의 엄마로 보이는 여자가 팔이 부러진 것 같다고 말하자 다른 여자도 그런 것 같다며 동의했다. 두 여자는 계속 애기를 나눴다. 아이가(이름은 뤼시라고 했다) 그네를 탔는데 무슨 자신감이 붙었는지 그네가 멈추기도 전에 뛰어내리다가 다친 모양이다. 아이가 곰인형을 달라고 했다. 엄마가 가방에서 낡은 곰인형을 꺼냈다. 곰인형의 이름이 라스카르*라는 소리를 들었을 때 나는 웃음을 참을 수 없었다.

휴대폰이 울렸다. 아이의 엄마가 아닌 다른 여자가 전화를 받더니 미안하다고 말하며 대기실을 나갔다. 잠시 후 진찰실 문이 열리고 간호사가 나와 뤼시 롬바르디라는 이름을 호명했다. "네!" 아이 엄마가 일어섰다. 아이 엄마는 진찰실로 들어가기 전에 나에게 부탁을 해왔다.

"죄송한데요, 전화 받으러 간 사람이 돌아오면 우리가 진찰실로 들어갔다고 말해줄 수 있을까요?"

나는 고개를 끄덕였다. "물론이죠. 걱정 마세요."

엄마와 아이는 진찰실 안으로 사라졌다. 대기실에 나 혼자만 덩그러니 남았다. 아무도 없는 틈을 타 보건 선생님이 처치해 준 붕대를 살짝 들춰봤다. 얼굴이 절로 찌푸려졌다. 상처가 흉하고 깊었지만 그래도 피는 멈췄다. 내 뒤에서 "어머" 하는 소리가 났다. 대기실 밖으로 나갔던 여자가 통화를 끝낸 모양이다.

* 교활하고 잇속을 잘 챙기는 사람을 일컫는 말.

“따님하고 친구분은 진찰실로 들어갔어요.”

“조카예요. 아이 엄마는 언니고요. 조카가 어찌나 말썽꾸러기인지 병원을 제집 드나들듯 하네요. 몸에 있는 뼈라는 뼈는 전부 한 번씩 부러뜨릴 작정인가 봐요.”

나는 웃었다.

“곰 인형 이름이 진짜 라스카르예요?”

“네. 해적단에 있었어요. 하지만 지금은 은퇴해서 해적단 얘기하는 것을 좋아하지 않아요.”

여자가 내 팔에 두른 붕대를 보고 고갯짓을 했다.

“아주 흥미진진한 하루를 보냈나 봐요? 아프지 않았어요?”

열여섯인 내게 계속 말을 높여서 좀 이상했다.

“신기하게 아프지 않아요. 괜찮아요, 말 편하게 하세요. 저 아직 고등학생이에요.”

“어쩌다 그렇게 된 거야?”

얼굴이 달아올랐다.

“유리창을 닫다가 다쳤어요. 너무 세게 닫아서 유리가 깨졌거든요.”

내가 거짓말을 하고 있다는 사실을 여자가 눈치채지 않을까 불안해서 나는 시선을 돌렸다. 유리창이 깨진 것까지는 사실이다. 다만 깨진 유리 조각을 들어 팔에 그은 일은 말하지 않았을 뿐이다.

"힘이 참 센가 보네. 학생하고 팔씨름은 꿈도 꾸지 말아야겠는걸! 혼자 왔니?"

"구급차 타고 왔어요. 선생님이 부모님께 전화했으니 곧 병원으로 오실 거예요."

"아마 몇 바늘 꿰맬 것 같은데, 걱정하지 마. 국소마취할 테니까. 어머나! 차가 페라리네."

나는 무슨 말인지 바로 이해하지 못했다. 나도 모르는 사이에 주머니에서 작고 빨간 자동차를 꺼내 손에 쥐고 있었던 것이다. 여섯 살 때부터 내가 가지고 다니는 장난감 자동차다. 이유는 알 수 없지만 오른손 엄지로 왼쪽 앞바퀴를 돌리고 있으면 기분이 좋아졌다. 여자가 내 눈을 맞추고 친절하게 웃어주었다.

진찰실 문이 다시 열렸다.

"원장님! 들어오셔도 돼요. 골절이에요. 언니분이 더는 뤼시 엄마 못 하겠다고 하는데요. 힘드신가 봐요."

"글쎄 말이에요. 금방 들어갈게요."

여자가 다시 나를 돌아보았다. 나는 여자에게 물었다.

"방금 원장님이라고 그랬어요? 의사 선생님이세요? 여

기서 일하세요?"

"그래. 하지만 오늘은 아냐. 오늘은 운전기사야. 정신적 지주이기도 하고. 이제 갈게. 간호사가 안 볼 때 언니가 자기 딸을 다른 아이와 바꾸기 전에 말야. 근데 이름이 뭐야?"

"오드요."

여자가 명함을 내밀었다.

"만나서 반가웠어. 내 명함이야. 또 유리창을 치고 싶은 충동이 생기면 나한테 전화해 달라고 부모님께 말씀드려. 같이 얘기하게."

고맙다고 대답은 했지만 어안이 벙벙해서 여자가 진찰실 안으로 들어가는 뒷모습을 멍하니 쳐다봤다. 그리고 명함을 읽었다.

다프네 플로레스, 전문의
소아청소년 정신의학과

엄마, 아빠가 도착했다. 먼저 접수창구에서 접수원에게 공식적인 사고 경위를 전해 들은 후 나한테 왔다. 내가 들고 있는 명함을 보고 아빠가 물었다.

"그게 뭐니?"

"나를 치료할 수 있는 의사 명함이에요……. 여기 말고 (나는 내 손목을 가리켰다) 여기요(이번에는 머리를 가리켰다). 엄마, 아빠. 농담이에요. 나중에 말씀드릴게요."

간호사가 내 이름을 불렀다.

"오드 뮬렝가, 들어오세요!"

감사의 글

가장 먼저 출판사 마쏘 에디시옹의 대표 플로랑 마쏘에게 고마움을 전하고 싶다. 항상 나를 믿어주고 따뜻한 시선을 보내주었다. 그 같은 성정을 가진 사람과 함께 일하게 된 것은 나에게 크나큰 행운이었다. 마쏘 메디시옹의 모든 스태프들에게도 감사한다. 이 책이 세상에 나오는 것을 가능하게 해주었다.

조나탄 카르텔리와 레오 돔보이에게도 감사한다. 이 두 사람이 아니었다면 경이로운 모험을 시작하지 못했을 것이다. 개성 넘치는 표지 디자인*은 모르간 들로네(Mab_matiere_noire)의 작품이다. 타투이스트이자 일러스트레이터인 그녀는 작업을 하지 않을 때는 요정들을 세상에 내놓는다.

나타나엘 시쏘, 오펠리 말라씨니에, 멜라니 카나르, 니콜 페로니, 타이스 보키에르, 로라 도망주에게 감사드린다. 그들은 나에게 자신감을 북돋워 주었다. 얼마나 큰 도움이 되었는지 말로 표현할 수 없다.

처음부터 나를 지켜봐 주고 또 나를 새로 발견해 준 독자들에게 감사드린다(나는 이제 공식적으로 소설가가 되었다. 특별할 것은 없다. 말을 새로 만들기만 하면 되니까). 참! 제랄드 다르마넹과 관련한 그날의 사건**에 대해서는 자세히 설명할 기회가 있을 것이다.

어린 시절, 계단 아래 벽장에서 만났던 안경 쓴 소년에게 감사한다. 내가 옳은 길을 찾을 수 있도록 그 아이는 나

---

*　프랑스판.
** 전 프랑스 내무부장관이 성폭행 혐의로 여러 차례 수사받았지만 모두 무혐의 처리되었는데 작가가 시사비평가로 활동하고 있는 방송국에서 인터뷰하고 나온 다르마넹을 보고 "강간범"이라고 소리치는 일이 있었다. 이 일로 작가는 방송국에서 해고당했다.

에게 자유를 주었다. 사춘기 시절, 사마엘 켕, 아망딜 이칼롱, 메레디트 로헤즈, 에곤 수탐, 나탄 파이어웨이는 내가 얼마나 책을 읽고 글 쓰는 것을 좋아하는지 깨닫게 해준 친구들이다. 그들은 나의 첫 다프네의 탄생을 목격했다.

친구인 아델린 디유도네, 미리암 르루아, 모나 무알라에게도 고마움을 전한다. 그대들은 나의 영감의 원천이고 내게 작가의 가능성이 있다는 믿음을 주었다.

나를 지지하고 응원해 준 친구들 안 마르샹디에, 캉탕 다스프레몽, 제레미 롬스, 파비오 프란세스키에게도 감사한다.

샤를렌 시몽, 크리스토프 압씨, 오드 마르탕, 타티아나 드론작, 니콜라 랑드리아, 사드 엘 가랍, 스그리드 발, 아룬, 자이드 제디디는 기꺼이 모르모트가 되어 내 책을 읽어준 고마운 사람들이다. 이 책의 최종본이 마음에 들지 않는다면 초고가 더 좋았다고 자신 있게 말해달라! 특히 아룬과 자이드 제디디는 의료와 관련한 다양하고 정확한 정보를 제공해 주었다. 이 점에서 두 사람에게 보너스 점수를 주고 싶다(덕분에 전에 알지 못했던 스물두 개의 병을 새로이 알게 되었고 건강염려증 환자인 나에게 불안해져야 할 스물두 개의 이유가 새로 생기고 말았다).

사랑하는 나의 반려견 앙귀스와 사가에게도 고맙다. 당연히 앙귀스와 사가는 글을 읽을 줄 아는 천재견들이다.

나의 가족에게 감사한다. 부모님에게는 특별히 용서를 구하고 싶다. 내가 부모님에게 얼마나 큰 트라우마를 주었을지 상상조차 힘들다. 나의 오빠가 이 책을 읽는다면 분명 내가 친동생이 아니라고 주장할 것이다. 나의 작업을 응원하고 지원을 아끼지 않는 나의 반쪽에게도 감사한다. 그리고 나의 분신. 나의 아이에게 무한한 사랑을 보낸다. 네가 태어나기 전에는 상상할 수 없었던 사랑의 형태로 너를 사랑한다. 그러니 이제 방 좀 치우고 공부 좀 하렴, 제발.

다프네를 죽여줘

초판 1쇄 인쇄 2025년 12월 10일
초판 1쇄 발행 2025년 12월 17일

지은이 플로랑스 멘데즈
옮긴이 임명주

책임편집 한의진
디자인 MALLYBOOK 최윤선, 조여름
책임마케팅 최혜령, 박지수, 도우리, 양지환
마케팅 콘텐츠 IP 사업본부
해외사업 한승빈, 박고은
경영지원 백선희, 권영환, 최민선, 이기경
제작 재영P&B

펴낸이 서현동
펴낸곳 ㈜오팬하우스
출판등록 2024년 5월 16일 제2024-000141호
주소 서울특별시 강남구 테헤란로 419, 11층 (삼성동, 강남파이낸스플라자)
이메일 info@ofh.co.kr

ⓒ 플로랑스 멘데즈

ISBN 979-11-7577-058-4(03860)

반타는 ㈜오팬하우스의 출판브랜드입니다.